Vincent Bijlo

De Ottomaanse herder

Roman

UITGEVERIJ DE ARBEIDERSPERS

AMSTERDAM · ANTWERPEN

Eerste druk februari 2009
Tweede druk maart 2009

Omslagontwerp: Mijke Wondergem
Omslagfoto: Robert Uewellyn/Corbis

isbn 978 90 295 6737 4 / nur 301

www.arbeiderspers.nl

Ik ben maar een hond, ik ken mijn plaats. Ik hoef niet zo nodig rechtop te lopen, met mijn kop in de wolken, zoals mijn baas doet. Hij kan er niets aan doen, hij is ook maar een slachtoffer van de evolutie. Toch zou het veel beter voor hem zijn als hij net als ik op vier poten liep. Hij is twee meter zeven. Het is voor mij een hels karwei om alles waar hij met zijn hoofd tegenop zou kunnen lopen te ontwijken. Dat is soms zelfs onmogelijk. Als je door een deur moet, dan moet je er doorheen, en als de deurpost te laag is gaat het: boem.

'Hé, luie hond let dan ook godverdomme eens een keer op.'

Of: 'Kijk nou toch eens uit je doppen, daar heb je ze voor gekregen.'

Ik excuseer me nooit, omdat het mijn schuld niet is. Als wij bij iets onontwijkbaar laags aankomen, ga ik stilstaan en zak vervolgens iets door mijn poten. Dan blaf ik drie keer. Ik heb dit op school geleerd, het betekent 'bukken, blinde'. Hij snapt het niet, trekt boos aan mijn tuig, loopt, mij voortslepend, door en stoot zijn hoofd. Eigen schuld, dikke bult, denk ik dan, moet je je hond maar beter verstaan. Ik zeg dit niet uit leedvermaak, pijn is iets dat je niemand moet gunnen. Ik zeg het, omdat mijn baas zo stronteigenwijs is. Ik laat zijn gevloek en getier, dat overigens stukken minder is dan vroeger, langs mijn rug en mijn achterpoten het trottoir op glijden, het raakt me niet. Niet meer, moet ik zeggen. Vroeger maakte ik mezelf na hoofdstoten ver- schrikkelijke verwijten. Elk scheldwoord dat hij vanuit de hoogte op me afvuurde stak als een mes door mijn vacht.

Sinds we zijn verhuisd is hij veranderd. Zijn loop, die vroeger houterig en voorzichtig was, is een beetje gaan swingen, net als de stad waar we nu wonen. Ik kan aan het lopen van bewoners van een stad of dorp zien of ze zich er thuis voelen. Hier voelt bijna iedereen zich thuis. De stad is ruim, de straten zijn veel breder dan in Nederland. Dat maakt dat het hier altijd, ook al is het heel warm, goed uit te houden is. Deze stad ademt beter dan steden in Nederland. Dat maakt de mensen aardiger, vrolijker. Ze geven elkaar veel meer ruimte. Als we hier door een winkelstraat lopen, knalt er nooit iemand te- gen ons op met een zware boodschappentas.

Het viel me in Nederland vaak op, zeker in het week- end, dat mensen die aan het winkelen zijn zich gedragen alsof ze koorts hebben, of, laat ik het zo zeggen, alsof ze nog maar heel weinig tijd hebben alles wat ze moeten kopen te kopen. Hier bestaat het begrip 'persoonlijke ruimte' nog. Dat betekent dat er altijd, ook al is het erg druk, een klein stukje leeg blijft om je heen. Dat is erg prettig.

Het was niet de bedoeling dat we hier zouden gaan wonen. We hebben Nederland moeten ontvluchten. Ik heb nooit heimwee, alleen naar deze stad, als we een paar dagen weggaan bijvoorbeeld. Laatst moesten we naar de begrafenis van mijn baas zijn broer, in Den Haag. Zelfs in de aula van de begraafplaats botsten de mensen nog tegen ons op.

'Nederlanders,' zei mijn baas in de trein terug naar

hier, 'hebben alles. Ze hebben niks meer te wensen, dat maakt ze ontevreden en boos.'

Hier is nog heel veel te wensen. Dat maakt dat de mensen nog kunnen dromen. Ik zie ze dat vaak doen, in parken waar we in het weekend heen gaan. Het zijn niet alleen verliefde stellen die dat doen, nee, iedereen droomt hier, van vrijheid, van licht, lucht en ruimte.

Op zo'n typisch Nederlandse zaterdagmiddag, het was bewolkt en er viel zo af en toe wat lichte motregen, liepen we door Den Haag. We kwamen net bij de viswinkel vandaan. Op die middag, drie dagen voor ons vertrek, begon ik langzaam het inzicht te krijgen dat mijn baas weliswaar mij uitschold, maar dat ik slechts de 'pispaal' was, zoals mensen dat noemen. Zijn woede gold niet mij, maar de wereld.

'Blinde hond,' riep hij, nadat hij zijn hoofd had gestoten tegen een reclamebord met een vrouw die slechts gekleed ging in lingerie, 'moet ik jou soms begeleiden. Ik breng je naar het asiel, hoor je, nee, ik bind je aan een boom vast, zo stevig dat je nooit meer kunt loskomen. Je zal er uitdrogen en verhongeren, dat heb je geheel aan jezelf te wijten, ondankbare hond. Wie geeft jou hier nu te eten, hè, wie? Vuile pens, je vindt het het lekkerste dat er is. Mijn hele huis stinkt 's avonds als een Oost-Europees slachthuis dat in geen drie maanden is schoongemaakt.'

Ik likte zijn hand om hem te bedaren, duwde mijn snuit in zijn handpalm, terwijl ik mijn lauwe adem tussen zijn vingers door blies. Dat wilde nog wel eens helpen, daar werd hij meestal rustig en opgewekt van, maar nu niet.

'Schijthond,' ging hij door, 'ik weet niet wat ze jou op de opleiding hebben geleerd, jij bent zeker opgeleid om pygmeeën te begeleiden. Au.'

De vrouw in lingerie keek zwoel op ons neer. Het leek haast wel of ze me moed inkeek.

'Ik ben het zat met jou,' schreeuwde hij.

Er had zich een kleine kring van toeschouwers om ons heen verzameld. Ademloos luisterden ze toe, zich intussen afvragend tegen wie hij zo aan het schelden was. Ze keken in zijn oor of hij soms zo'n dingetje droeg waarmee de mensen tegenwoordig op afstand met elkaar praten, maar nee, dat droeg hij niet. Iemand wees op zijn voorhoofd. Een ander stak een middelvinger op. Weer een ander schudde met geopende mond wild met zijn hoofd, zoals ik eens een blinde zanger op de televisie heb zien doen. En hij ging maar door, zich van geen publiek bewust.

'Je doet het er gewoon om!'

Hij hief zijn hand op en wilde mij slaan. Ik stond als versteend. Ik stelde me in op de klap. Plotseling schoot er een arm naar voren. De naar boven gerichte hand werd boven mijn rug gehouden. Mijn baas sloeg hard op de hand. Het kletste, zoals het ook doet bij kinderen die, tegenover elkaar staand, spelletjes met hun handen doen. Ik hief mijn kop op en keek in het gezicht dat bij de arm hoorde. Het was een lief gezicht, met grote bruine ogen. Ze keken zoals de liefste teven die ik heb gekend, hondstrouw. Ik gaf de vrouw een poot, ze aaide over mijn kop en kroelde in mijn nek.

Teef is voor de mensen een scheldwoord, het betekent zoiets als slet, of sloerie, of naar mens. Dat zegt heel veel over de manier waarop ze naar honden kijken.

Ze vinden ons minderwaardig, omdat wij niet rechtop lopen. Behalve als ze ons nodig hebben, of als ze ons vol trots kunnen laten zien op hondenshows, dan zijn we hun hond, hun gedresseerde, mooi glanzende hond. Zij winnen met ons een beker, wij worden afgescheept met een koekje, heel soms met een bot, waar meestal nauwelijks vlees aan zit, omdat dat niet goed voor ons is, daar zouden we maar dik van worden. Maar reken maar dat ze, ook al heb jij die beker eigenlijk gewonnen en niet zij, je een dag later alweer een rotschop kunnen verkopen als je iets doet wat ze niet bevalt, een vleesspies van hun barbecue jatten bijvoorbeeld.

Deze vrouw was anders, dat zag ik meteen. Zij had niet, zoals bijna alle mensen, een hand die je aait en daarna slaat. Was zij maar blind, dacht ik, dan was ik zielsgraag haar hond geweest. Ik had haar graag geleid, langs ravijnen, voortrazend verkeer, prikkeldraad, paaltjes en bloembakken en scooters van pizzabezorgers en rollators en stoepopbrekingen, mensen hebben geen idee waar je allemaal op moet letten als hond. Bovendien was deze vrouw zeker veertig centimeter korter dan mijn baas, ik zou 'boven', zoals ze het op school noemden, niet in de gaten hoeven houden.

Het is mij al vaak opgevallen dat bijna alle blinden lang zijn. Ik heb nachtenlang mijn kop liggen breken over het waarom van dat feit, maar ik heb geen verklaring kunnen vinden. Misschien is het omdat ze zich dan makkelijker kunnen oriënteren aan de wolken, die hangen in Nederland altijd laag. Mijn baas weet feilloos wat voor weer het gaat worden. Of misschien is het omdat ze dan beter kunnen horen, van bovenaf krijg je een ruimer hoorbeeld over de omgeving, net zoals je vanaf een hoog gebouw ver kunt kijken.

Maar helaas, het zicht van deze vrouw was helder, ze droeg niet eens een bril. Ook geen lenzen, meende ik te zien. Ik herken mensen met lenzen vaak omdat ze er anders door gaan kijken. Het maakt ze nog iets arroganter dan ze al zijn. Ze kijken een beetje op alles neer, daaraan kun je het zien.

'U bent een dierenbeul,' zei de vrouw met een fluweelzachte stem die klonk alsof hij toebehoorde aan de zwoele lingeriemevrouw, die nog steeds mooi hing te glimlachen.

Mijn baas reageerde niet.

'U bent een dierenbeul,' zei ze nogmaals.

Het klonk niet als een verwijt, eerder als een constatering. Ze krauwde achter mijn oor, precies op het goede plekje. Ik kan mijn oren nooit stilhouden als mensen dat doen. Een reflex, heet dat. Ik heb ooit een dokter met een hamertje onder de knieschijf van mijn baas zien slaan. Steeds als hij sloeg, sprong de voet van mijn baas naar voren. De dokter zei dat hij dat deed om de kniereflex te testen.

Met krauwen achter oren werkt het bij mensen niet, ze kunnen hun oren niet bewegen. Ik ken maar één man die dat kan, die heb ik in het circus gezien, in mijn trainingstijd. Als ik geld kon verdienen met mijn oorreflex dan was ik nu miljonair. Maar dat gaat niet, want alle honden kunnen hun oren bewegen. Zelfs wat de mens 'een vuilnisbakkie' noemt, kan zijn oren bewegen.

Een vuilnisbakkie, dat betekent dat de hond niet tot een ras behoort. Het is weer zo'n denigrerende uiting van de mens. De mens denkt graag in rassen, in merken, als iets daar niet toe behoort, dan is het niets. Daarbij vergeet hij dat hij zelf een vuilnisbakkie is, een genetische ratatouille die nog niet eens zijn oren kan bewegen. Maar het verschil tussen de mens en mij is dat ik daardoor de ene soort mens niet minder vind dan de andere.

Ik behoor tot een ras, een zuiver ras. Ik ben een Ottomaanse herder, maar dat maakt mij nog geen betere hond dan een kruising tussen een Braziliaanse pokkenreu en een Duitse takkenteef. Iedereen is gelijk. Ik reken mens en dier af op zijn daden, niet op zijn afkomst, omdat hij er niets aan kan doen uit wat voor nest hij afkomstig is.

Je kunt vind ik wel stellen dat bepaalde rassen dingen beter kunnen dan andere. De Ottomaanse herder is een betere geleidehond dan de jack russell, dat is een kwestie van lichaamsbouw. Wij Ottomaanse herders staan hoog op de poten. Reeds in de twaalfde eeuw werden wij gebruikt om blinde imams van hun lemen huizen naar de moskee en terug te begeleiden. Dat is een verantwoordelijke taak, die mag en kan je als hond niet licht opvatten. Het was Allah zelf die het ras opdroeg deze plicht te vervullen.

Zo hebben de Ottomaanse herders aan de basis gestaan van de verspreiding van de islam. Het is een periode waarover bij ons in de kennel lang gezwegen is. Het betrof hier namelijk een zeer gewelddadige variant van de islam. Het is dat er in die tijd nog geen hoge gebouwen waren, anders hadden de blinde imams, bestuurd door Ottomaanse herders, zeker gepredikt daar homoseksuelen vanaf te gooien.

Deden de herders er goed aan hun agressieve blinden te begeleiden? Dat was de vraag waar we het in het hok vaak over hadden. Het is moeilijk daar een antwoord op te geven. Want waar waren de herders als hun baasjes hun donderpreken hielden? Misschien lagen ze niet in de gebedsruimte, maar snuffelden ze elders in de moskee aan de achtergelaten schoenen van de gelovigen, die het met de voethygiëne nog niet zo nauw namen als vandaag de dag. En als ze in de gebedsruimte lagen, verstonden ze dan de kwade woorden van hun bazen? Dat laatste is wel waarschijnlijk, want sinds hondenheugenis is de Ottomaanse herder de mensentaal machtig.

Uiteindelijk zijn we tot de conclusie gekomen dat de herders van destijds het juiste deden. Ze stelden de blinde boven het geloof. Ze hadden in hun wijsheid besloten dat zelfs een agressieve intolerante imam recht heeft op een geleidehond, zoals zelfs een seriemoordenaar, die zijn slachtoffers door een keukenmachine draait en daarna soep van ze kookt, recht heeft op een advocaat.

De Nederlandse geheime dienst, de AIVD, was niet op de hoogte van deze episode uit onze hondengeschiedenis. Ik vraag me overigens af waarom een geheime dienst een naam heeft, is het niet beter dat niemand die weet, sterker nog, is het niet beter dat niemand van het bestaan van deze dienst af weet?

Ik weet zeker dat ons gewelddadige islamverleden niet bekend was, omdat ik uitvoerig door deze zelfde geheime dienst gescreend ben. Mijn doopceel is gelicht, zoals dat zo plechtig heet. Op het hoofdkantoor in Den Haag ligt, ook nu nog, lang na onze verhuizing, dat weet ik zeker, de geheime dienst bewaart alles, een aantal documenten over mij en mijn voorouders. We zijn van onbesproken gedrag, want ik mocht dat hoofdkantoor vrijelijk betreden.

Niets dan goeds valt er over ons te lezen. Negen pagina's van het lijvige dossier zijn gewijd aan de rol van de Ottomaanse herder bij het tot stand komen van de Turkse staat zoals wij die nu kennen. De blinde opperrechter Nazrim Djebal was een vurig voorstander van de scheiding van Kerk en staat. Hij vond daarin de grote Atatürk aan zijn zijde. En, u raadt het al, Nazrim Djebal werd bestuurd door een Ottomaanse herder. Een teef, Pili genaamd, zo nauwkeurig zijn de AIVD-documenten. Pili werd 17, zeer oud voor een Ottomaanse herder, zeker gezien de hygiënische omstandigheden in het toenmalige Turkije. Toen Pili stierf brak Djebals hart. Zonder hond was hij niets. Hij is een maand na de dood van zijn trouwe teef van een minaret gesprongen, Allah hebbe zijn ziel.

Onze roem beperkt zich niet alleen tot Turkije. De bijna blinde Garibaldi bijvoorbeeld, de architect van de staat Italië, had ook een Ottomaanse herder, Gino genaamd. Van Gino is bekend dat hij, naast het begeleiden van Garibaldi, in zijn eentje verantwoordelijk is geweest voor het verjagen van alle ratten uit Rome. Rome zuchtte zo rond 1870, zoals zo vaak, onder een rattenplaag. Het begrip kliko was de Italianen vreemd, dat schijnt overigens tegenwoordig nog steeds zo te zijn. Ze gooien hun vuilnis massaal op straat, en ja, dan krijg je ratten.

Wat de Harley Davidson is voor de motorrijder, dat zijn wij voor de blinde: het mekka. Het is zonder trots dat ik dit zeg, ik houd niet van het woord trots. Dat kan ik nu zeggen. Ik woon nu in een land waar de trots in het verleden heeft geleid tot de grootste massamoord ooit door mensen gepleegd. Dat wil niet zeggen dat mensen hier niet trots zouden zijn, ze zijn hier gepast trots. Op hun familie, als die daar aanleiding toe geeft, op zichzelf, op de stad, maar niet op de dingen waarvan men tegenwoordig in Nederland trots moet zijn.

Ik kan me nog herinneren dat vlak voordat we moesten vluchten er een partij in opkomst was die Trots Op Holland heette. Er waren heel veel mensen die die partij serieus namen. Toen mijn baas en ik dat beseften, vonden we het eigenlijk al niet zo leuk meer in Nederland. We moesten opeens trots zijn op de Deltawerken.

Hoe kun je in godsnaam trots zijn op de Deltawerken? Die zijn gemaakt uit pure noodzaak, het water moest worden tegengehouden, nou, dan verzin je wat. Je bent toch ook niet trots op je zonwering die de zon buiten je kamer houdt, of op de voorruit van je auto die zorgt dat de wind niet keihard in je smoel blaast. Toch waren er verbazend veel mensen die deze partij, waarvan ik de naam niet meer zal noemen – er zijn grenzen – beschouwen als de redding van Nederland. Nee, trots moet iets vanzelfsprekends zijn, het is er, net als lucht en licht. Je moet het niet gaan aandikken en opblazen.

Ik ben dus niet trots. Ik ben geen snoever, ik ben een hond, ik doe mijn plicht. Ik repareer, zo goed en zo kwaad als ik kan, het genetische defect waarvan mijn baas het slachtoffer is geworden. Wij hebben altijd het goede met de mens voor. Of dat ook het goede met de wereld is, daarover kan alleen de geschiedenis oordelen.

'U bent een dierenbeul,' zei de vrouw met de mooie ogen en de fluweelzachte stem voor de derde keer. Mijn baas stond mij nog steeds uit te schelden, intussen was de linkercup van de bh van de dame in lingerie die op het bord hing iets afgezakt. Plotseling stopte hij met foeteren, midden in een zin waarin hij mij uitmaakte voor rotte vis en mij aan de afhaalchinees cadeau wilde doen.

De kring die men om ons heen had gevormd was nu al drie rijen dik. Langzaamaan, gedurende zijn scheldpartij, waren de omstanders gaan begrijpen dat deze tegen mij gericht was. Men knikte mij bemoedigend toe en stak duimen tegen mij op om mij sterkte te wensen. Er had zich zelfs in de kring een soort van poortje gevormd, waardoor ik kon ontsnappen. Het stond open, vlak voor mijn snuit, maar ik kon er niet doorheen, mijn baas hield mijn tuig stevig vast. Mijn kop was onder de woorden, die als mokerslagen op me neerbeukten, langzaam gezakt. Nu hief ik hem weer op en keek stoutmoedig de kring rond. Wat waren de mensen toch aardig, zoals ze daar stonden. Ze stonden zo, ja, zo pal voor mijn veiligheid. Het was alsof ze wisten dat ik hem verstond, maar niet in staat was iets terug te zeggen.

Wij hebben een taal waarin we ons uitstekend verstaanbaar kunnen maken. Het is de taal van blaf en jank, de taal van kort en lang. Een klein aantal mensen is deze taal een tijdlang machtig geweest. Ze is ontwikkeld door de Ottomaanse herder van James Wright.

Wright was ontegenzeggelijk een van de grootste blinden van het negentiende-eeuwse Engeland. Hij kon met zijn hond lezen en schrijven. Dagenlang wandelden ze samen langs de steilste kliffen, de hond gaf Wright tijdens die wandelingen met blaffen en janken, met korte en lange signalen, de positie door waar ze zich bevonden. Na een jaar trainen verstond Wright zijn hond zo goed, dat zij in staat was hem de krant voor te lezen.

Op een zekere dag kwam dit een wetenschapper ter ore. Hij vroeg onder valse voorwendselen een onderhoud met Wright aan. Hij beweerde dat hij vier oude stoelen had, die opnieuw gemat moesten worden. Wright was stoelenmatter, zoals de meeste blinden in die dagen. De wetenschapper had geen oude stoelen, hij beschikte slechts over stoelen met houten zittingen. Hij klopte bij Wright aan, de hond kwam blij kwispelend naar de deur van de schamele cottage en de wetenschapper ging er vandoor met de hond.

Dagenlang heeft Wright nog door het dorp gelopen, daarbij zijn hond roepend met de signalen die ze hadden afgesproken in het geval ze elkaar kwijt zouden raken. Drie blaffen, drie janken, drie blaffen. De hond heeft ze nooit gehoord. Hij zat toen allang in een laboratorium in Exeter, waar hij door de wetenschapper in een hutkoffer per trein naartoe getransporteerd was.

Het enige wat de wetenschapper daar hoefde te doen, was de hond goed te eten geven, haar af en toe te aaien en de krant voor haar snuit houden. Zo heeft hij onze taal zijn naam gegeven en er veel goede sier mee gemaakt. Maar weet wel dat het morse onze taal is. Dat is weer zo'n bewijs van de houding van de mens tegenover de hond. De hond dient, en krijgt nooit loon naar werken. Het is ons lot.

James Wright heeft zijn hond nooit teruggekregen. Twee maanden nadat Morse zijn hond stal, viel hij 80 meter naar beneden, in een ravijn. Maar Wright zou Wright niet zijn als hij dit niet overleefde. Hij klom op handen en voeten naar boven en werd zwaargewond door omstanders naar het plaatselijke ziekenhuis vervoerd. Daar constateerde men dat zijn braillehorloge nog liep. Hij werd een held. Koningin Victoria verleende hem de titel Sir. De James Wright Foundation werd opgericht. Zij stelde zich ten doel zo veel mogelijk blinden in het Verenigd Koninkrijk te voorzien van Ottomaanse herders. Je zou dus kunnen zeggen dat Morse ongewild heeft bijgedragen aan de mobiliteit van de blinde medemens.

'Elk nadeel heb zijn voordeel,' zei een groot Nederlands voetballer ooit. Ik sluit me daar graag bij aan.

De James Wright Foundation werd een groot succes. Toen de oprichter op 84-jarige leeftijd in zijn slaap overleed, liepen er in het Britse koninkrijk zo'n 7000 van ons rond, om de mens te dienen. De onderneming had Wright zelf geen windeieren gelegd. Hij had op het moment van zijn overlijden tien teven in dienst, die hem om de beurt alle Britse kranten en de Gideonsbijbel voorlazen.

Het is nog steeds met trots, nou ja, een beetje trots, dat ik denk aan de vele opvarenden van schepen in nood die gered zijn dankzij onze taal. Het vervult mij nog altijd met blijdschap dat onze taal gebruikt werd voor het eerste moderne communicatiemiddel van de mens: het telegram. Soms denk ik wel eens, was het maar bij dat telegram gebleven. Naarmate de mens meer communicatiemiddelen ter beschikking heeft gekregen, is hij steeds ongeduldiger geworden.

Ik luister wel eens, zo in het voorbijgaan, naar de gesprekjes die ze via de kleine dingetjes in hun oor voeren. Ze gaan bijna altijd over tijd. Over tijd die er niet is. Bijna altijd is er iets te laat bezorgd, zijn zij te laat, is een ander met wie ze hadden afgesproken te laat, is de trein, de bus te laat, alles is bij de mensen altijd te laat. Dat komt omdat ze de tijd niet meer nemen.

Ze kunnen niet meer zitten, behalve voor de televisie. Ik prijs me gelukkig dat mijn baas zo'n ding niet heeft. Het is een gevaarlijk apparaat. Het brengt mensen in een andere staat. Ze reageren nauwelijks nog op prikkels van buitenaf en kunnen zich na afloop nauwelijks nog herinneren wat ze hebben gezien. Ze gebruiken dat ding om de tijd te doden. Maar tijd, die moet je niet doden, die moet je gebruiken om te leven voordat je zelf sterft.

Ze moeten eens een voorbeeld nemen aan ons. Wij hebben veel minder te doen dan zij, wij hebben geen andere communicatiemiddelen dan de taal van blaf en jank, en toch zijn wij niet ongelukkig. We doden de tijd niet, we verdromen de tijd. Gelukkig zie ik in de stad waar ik nu woon veel meer mensen dat ook doen.

De tijd verspelen, dat doen we ook graag. We rennen achter stokken aan, die de mensen zo ver mogelijk weggooien. Dat is leuk! Ik kan dat niet vaak genoeg doen. Het rare is dat mensen dat ook leuk vinden, dat wij dat doen. Zij krijgen ook geen genoeg van het spel. Dat komt omdat ze in ons zichzelf zien, zij doen ook altijd precies hetzelfde. Ze lopen dag in dag uit achter dezelfde weggegooide stok aan. Alleen heet die stok in hun wereld kantoor en lopen ze stukken langzamer en lomper dan wij.

Mijn baas zat ook op zo'n kantoor. Vijf dagen per week, van negen tot vijf. Ik bracht hem erheen, met gemengde gevoelens. Niet vanwege dat brengen op zich, dat was mijn taak, die zal ik te allen tijde naar eer en geweten uitvoeren, maar vanwege hem. Hij werd niet gelukkiger van dat kantoor. In het begin, hij heeft er een half jaar gewerkt, probeerde ik hem nog wel eens op andere gedachten te brengen. Dan nam ik op weg naar kantoor een andere route en leidde hem naar een bank in het park die in de zon stond. Ik ging dan voor de bank zitten en tikte er met een van mijn voorpoten op.

'Zit,' had ik hem wel willen commanderen, 'zit, en hef dat bleke gezicht van je op naar de zon. Voel het licht, adem die lentegeur diep in, vol met verlangen en liefde, die bloemen staan daar niet voor niets te geuren. Waarom zou je de hele dag in dat stoffige kantoor zitten als je ook buiten kunt zijn?'

Maar ik kon, en kan nog steeds niet commanderen. Hij is radioamateur, hij is het morse machtig, maar als ik hem toespreek in kort en lang, dan wordt hij zenuwachtig omdat hij denkt dat ik pijn heb.

Hij werd uiteraard, toen hij ontdekte dat ik voor een bank zat, boos. Het is ook niet goed wat ik deed, dat weet ik wel, maar soms, als de lente in mijn kop zit, als de wereld ruikt naar vrijheid, dan is de hondenwil niet te onderdrukken. Zeker die lentedag niet. Ik zag hem staan, met z'n strakke mond waarvan de lippen in een dunne streep opeen waren geperst en met zijn bleke, bijna ingevallen wangen en zijn veel te heldere glazen ogen, ik kon het gewoon niet over mijn hart verkrijgen hem naar kantoor te brengen.

Het is een doodzonde, ik ben daar uiteraard diep, zeer diep van doordrongen. Ik moet altijd, maar dan ook altijd doen wat mijn baas mij heeft opgedragen. Dat was zo ongeveer het eerste wat we op school leerden, na 'niet poepen op plaatsen waar je baas misschien zijn voet gaat neerzetten'. Maar soms werd het me te machtig, een hond is ook maar een hond, en niets hondelijks is mij vreemd. Dat krijgt geen opleiding, hoe streng ook, eruit geramd. Alleen het klimmen der jaren heeft me daarin iets geleerd. Ik ben nu wat meer in balans, zoals de mensen dat noemen, ik zit lekkerder in mijn vel, zo zeggen ze dat ook wel. Ik heb de jaren des onderscheids bereikt. Het klinkt heel saai en braaf, maar dat is het allerminst. Mijn geluk bestaat tegenwoordig veel minder bij de gratie van het moment. Het is meer een staat geworden waarin ik mij bevind, de staat van geluk.

Mijn baas begreep niet waarom ik daar zat, bij die bank. Hij voelde de zon niet die in zijn gezicht scheen, hij rook de lente niet, zijn neus was al in het muffe kantoor. Hij schold, ik blafte sorry en leidde hem braaf naar zijn donkere kamer. En daar begon een dag zoals alle andere. Een dag van liggen, van dromen van buiten, van een korte wandeling in de lunchpauze, van nog meer liggen, nog meer dromen en uiteindelijk het bevrijdende muziekje dat altijd om 17.00 uur klonk als hij zijn computer afsloot.

De computer is een toverdoos waarmee mensen alles kunnen, of alles denken te kunnen, beter gezegd. Ze vergeten dat de computer een door mensen zelf geprogrammeerd apparaat is, dat alleen maar rekent. Het enige wat een computer kan, is verbanden leggen die zij soms niet kunnen leggen. Ze doen niets liever dan zitten achter dat ding. Ze kijken er zelfs televisie op, dat is handig, want dan hoeven ze niet eerst achter de computer te zitten en daarna achter de televisie.

De computer van mijn baas spreekt alles uit wat er op het scherm verschijnt. Ik hoorde hem tussen mijn dromen door de merkwaardigste zinnen zeggen. Zinnen waarvan ik in eerste instantie niets begreep. Zinnen als: 'Ze denken dat ze ons te slim af zijn, maar dan kennen ze ons nog niet' of 'ze zullen bloeden, de varkens'.

Hij stond daar, met het plastic draagtasje van de viswinkel in zijn hand. De vrouw in lingerie keek zwoel op ons neer, terwijl de vrouw met de trouwe hondenogen mijn nek aaide.

Opeens had ik met hem te doen. Dat is uit den boze, ik weet het, het was samen met 'niet op een teef afrennen als je je blinde ergens heen brengt' een van de basisprincipes van de blindengeleiding. Je mag nooit met je blinde te doen hebben.

En toch had ik het. Hij stond daar zo weerloos, zo machteloos. Hij hield zijn stok als een bibberende voelspriet voor zich uit. Ik heb een hekel aan het woord kwetsbaar, omdat het tegenwoordig te pas en te onpas door iedereen wordt gebruikt, maar hier was het op zijn plaats. Ik zag hem daar staan zoals hij zich nu moest voelen. Alleen, hopeloos alleen, in een wereld die niet voor hem gemaakt was en niet verder reikte dan de lengte van zijn stok. Hij voelde zich alsof hij op een heel klein eiland stond.

De vrouw met de hondenogen zag het ook, precies op hetzelfde moment als ik. Ze stak haar hand uit naar mijn baas, hij reageerde niet, stond daar als verslagen, de walmende lekkerbekjes en zijn stok in zijn ene hand, mijn tuig in de andere.

'Aangenaam,' zei ze, met haar zachte, als muziek klinkende stem, 'ik ben Suzanne, Suzanne Spoelstra.'

Ze raakte even met haar hand mijn baas zijn borst

aan. Hij begreep wat de bedoeling was, hij liet mij los om haar de hand te schudden. Op dat moment rook ik de loopse teef. Ze stond vlak achter het poortje dat de nog steeds aanwezige omstanders voor mij hadden vrijgehouden om te ontsnappen. Een moment keken we elkaar aan. Het leek alsof ze aan een onzichtbare draad trok die tussen ons was gespannen. Als vanzelf schoot ik tussen de verbaasde mensen door, draaide een paar keer pijlsnel om haar heen, kuste haar snuit, haar nek, haar rug, haar kont en klom toen op haar. Ze sidderde en trilde, ik voelde hoe haar spieren zich onder mij spanden. Ik drong diep bij haar binnen, ze omhulde mij met al haar warmte, we dansten. Ik ademde diep de zaterdagmiddaglucht in, we gingen steeds sneller. Ik sperde mijn ogen wijd open en zag door een waas van zelden gevoeld genot hoe men naar ons keek. Verbaasd, afgunstig, jaloers, gegeneerd? Daarna was er even niets meer, alleen zij en ik en ons machtige vuur.

Het volgende dat ik me herinner is een ovationeel applaus van de omstanders. Ik stond weer met vier poten, die beefden van genot, op de grond. De teef kwam naast me staan. We stonden schoft aan schoft, we waren precies even hoog. Ik keek naar mijn baas, zij keek naar de vrouw met de hondenogen. Ze hadden allebei een rood hoofd. Ze schaamden zich voor ons. Wij schaamden ons niet, sommige dingen moeten nu eenmaal gebeuren, daar was deze openbare daad van lust er één van. Die mocht best gezien worden.

Mensen hebben voor dat soort gelegenheden zogenaamde liefdeshotels, of parkeerplaatsen, waar ze dan in een te krappe blikken wagen liggen te rommelen. Ze moffelen seks vaak weg, verbannen het naar donkere hoekjes. Dat is jammer. Seks is de essentie van het leven, het komt erdoor tot stand. Als ik kon kiezen tussen achter een stok aanrennen en seks, nou, dan wist ik het wel. De mens loopt liever achter een stok aan en kijkt naar seks op televisie. Maar dat is geen seks. Dat is commerciële seks, opgefokte onnatuurlijke seks, dat noemen ze porno. Of ze kijken naar clips. Dat zijn korte filmpjes met halfblote vrouwen en mannen die in hun kruis grijpen, terwijl ze raar, ritmisch praten, dat noemt men rappen. Hoe meer ze in hun kruis grijpen, hoe beter ze rappen.

Als alle mensen bloot zouden rondlopen zouden ze veel natuurlijker met seks omgaan. Maar dat kunnen ze niet, dan krijgen ze het koud. Ze zijn daar niet op gebouwd. Ze heten de kroon op de schepping te zijn, maar eigenlijk zijn ze niet meer dan een slap regenhoedje. Ze kunnen geen dag zonder centrale verwarming of een dak boven hun hoofd. Ze doen wel duur en gewichtig met al hun uitvindingen, maar ze zijn zo afhankelijk van hun omgeving geworden dat ze niets meer zelf kunnen. Als de elektriciteit drie dagen uitvalt, gaan ze met honderden tegelijk dood.

Ze zijn heel ver afgedwaald van het levenspad. Ze hebben het vervangen door stroken asfalt, waar ze dag in dag uit in hun glimmende blikken overheen rollen. En hoeveel asfalt ze ook maken, ze blijven met te veel, die blikken, ze staan elke dag weer in lange rijen stil. Ik zou heel graag eens een dag ver boven de wereld hangen. Dan zou ik naar beneden kijken, naar die rare volksverhuizing die twee keer per dag plaatsvindt.

Ik zou denken: doe wat wij zouden doen. Wij honden zouden na verloop van tijd, misschien al na een week –

de meeste honden hebben niet zoveel geduld – denken: weet je wat ik doe, ik ga eens kijken of er dichter bij huis iets leuks is dat ik overdag kan doen, dan kan ik voortaan per potenwagen reizen, dat scheelt weer een blik en veel tijd die ik lekker kan verslapen, verspelen en verdromen.

Maar de mens is geen hond. De mens is een beest dat moet, altijd van alles moet. Van zichzelf, van anderen, of van God.

God ken ik uit mijn tijd bij een pleeggezin. Het eerste jaar van ons leven brengen wij door bij mensen in de 'normale maatschappij'. Dan kunnen we vast wennen aan zaken als verkeer, vuurwerk, feesten, straatraces, luide muziek en wat er zoal nog meer aan menselijk vertier te bieden is.

Ze moeten bij het selecteren van de pleeggezinnen iets fout hebben gedaan. In mijn geval was niets, maar dan ook niets van bovenstaande zaken aan de orde. Het was stil bij de familie Barneveld uit Stroe, doodstil. Het was er saai en bloedserieus, ook al hadden meneer en mevrouw Barneveld vier kinderen. Het draaide bij hen maar om één ding: God. Hem dienen, daar ging het om. Daar paste geen verstrooiing bij. Er was muziek, dat wel, orgelmuziek. Een marteling voor het hondenoor. Gelukkig duurde de kwelling in mijn geval maar een jaar. Ik heb medelijden met alle christenhonden, die dag in, dag uit, jaar in, jaar uit deze muziek moeten aanhoren.

Het orgel klinkt voor de mens blijkbaar anders dan voor ons. De mens kan het urenlang aanhoren, zonder een spier te vertrekken, terwijl het voor ons klinkt als een soort gekrijs, alsof er honderden katten met elkaar aan het vechten zijn.

Toen ik er pas was dacht ik dat het orgelspel bedoeld was om mij op de proef te stellen. Maar al gauw begreep ik dat het iets te maken had met hun manier van leven. Ze gingen nog meer rechtop zitten dan anders, zodra de geseling van tonen op ons nederdaalde. Hun gezichten verstrakten, ook al zou je gezworen hebben dat ze niet strakker konden. Ik kroop in de verste hoek van de kamer. Weg kon ik niet, ze sloten de deur altijd voordat het begon.

Op een dag had ik er zo genoeg van dat ik erdoorheen begon te janken. Dat hielp, ze wisten niet hoe snel ze de deur moesten openen, om mij de kamer te laten verlaten.

Voor God waren de Barneveldjes bang. Hij zag alles wat ze deden, onthield alles en zou, als ze doodgingen, aan de hemelpoort bepalen of ze de hemel mochten betreden. Daardoor hadden ze geen leuk leven. Ze vroegen zich de hele dag af of wat ze deden wel goed was. Als ze per ongeluk eens iets fout deden, kermden ze het uit van spijt. Dan knielden ze en baden tot Hem om vergiffenis.

Bidden dat is je handen vouwen en van alles prevelen op een smekende toon. Gunsten vragen, zoiets is het. Ze deden dat altijd voor het eten. Ze gingen er blijkbaar van uit dat wat mevrouw Barneveld op tafel zette niet helemaal te vertrouwen was. Daar hadden ze gelijk in. Ik heb 's nachts eens wat restjes geprobeerd. Ik ben geen fijnproever, maar het eten miste elke smaak.

Smaak moet iets teweegbrengen, vind ik, iets als, ja, hoe zal ik het zeggen, hartstocht. Je moet gretig je tanden kunnen zetten in iets dat je eet. Deze flauwe zachte kost bracht niets teweeg. Ja, weerzin, en het grote verlangen dat ik er nooit van had gegeten.

De Barneveldjes wilden dat ik ook zou gaan bidden. Ze vonden, zeiden ze onder elkaar – ze wisten natuurlijk niet dat ik ze verstond – dat ik te weinig respect aan de dag legde. Mevrouw Barneveld vulde mijn bak, ging tussen mij en de bak staan, telde bedaard tot tien en dan stapte ze vlug opzij, alsof ze bang was dat ik haar zou opeten. Ik vond het een leuk spelletje, maar dat was niet de bedoeling. Ik mocht er nadrukkelijk niet bij zwaaien met mijn staart.

De bijbel werd drie keer per dag op de eettafel gelegd. Daar las meneer Barneveld uit voor, aan de kinderen, die elk woord dat hij sprak innamen als ware het water, en als waren zij dorstige reizigers die al dagenlang onder de brandende zon voortstrompelden door een gloeiend-hete kurkdroge woestijn.

De stem van meneer Barneveld klonk altijd dreigend, vermanend, alsof de kinderen van alles hadden gedaan wat niet mocht. Het waren brave kinderen. Kinderen die, als ze honden waren geweest, hele goede geleidehonden hadden kunnen worden.

Eén dag in de week was het nog saaier en stiller dan anders, op de klokken na. Grote klokken waren het, die 's ochtends begonnen te bimmen en te bommen. Zodra de Barneveldjes die klokken hoorden, die een enorm lawaai voortbrachten, kwamen ze uit hun stoelen overeind, zetten hun hoedjes op en lieten mij alleen. Ik mocht nooit mee naar de kerk. Ik dankte God op mijn hondenknieën dat ik thuis mocht blijven, omdat ze in die kerk ook een orgel hadden, dat nog veel harder schijnt te klinken dan thuis. Die God, dat is een raar fenomeen.

Hij zou de Schepper zijn, de Heer, de Creator. Hij zou de mens en de dieren en de planten en de zon en de regen en alles hier op en rond de aarde hebben bedacht. Waarom precies, dat weet geen mens.

Waarom bedenk je zoiets als de mens? Om het zootje hier op aarde te beheren misschien, of om Hem te prijzen omdat hij alles zo prachtig geschapen heeft? Om een partij op te richten die Trots Op God heet? Of om te heersen en alles om zeep te helpen en op te eten wat hij tegenkomt?

De meningen daarover lopen nogal uiteen. In ieder geval had Hij er wel eens een betere gebruiksaanwijzing bij mogen leveren. Hij heeft wel boodschappen gezonden, die stonden in dat boek van de Barneveldjes, maar die zijn nogal tegenstrijdig.

God weet het dus ook allemaal niet. Dat is logisch, want God bestaat niet. Nee, natuurlijk niet, God is gewoon bedacht door de mens. De mens weet het niet, dus God ook niet. God is voor de mens een alibi om over anderen te heersen. Het is wel zo makkelijk als je de wapens opneemt en ten aanval trekt, als God achter je staat. Dat geeft de oorlog, die per definitie zinloos is, zin. Doden in opdracht is voor de mens altijd makkelijker dan doden zonder opdracht.

Ik als Ottomaanse herder zou in staat zijn een God te bedenken. Daar heb ik de intelligentie voor, al zeg ik het zelf. Maar ik heb hem niet nodig. Ik ben een ongelovige hond en dat zal ik altijd blijven. Ik kan het leven aan. Het zijn en alleen het zijn is genoeg.

Soms, als we langs een kerk lopen, denk ik: wat een idioot idee eigenlijk, dat de mens gigantische bouwwerken opricht om iemand te aanbidden die hij zelf bedacht heeft. Zo zie je maar, als je gaat leven naar je eigen waarheid, verandert jouw waarheid in dé waarheid, en dan wordt ze gevaarlijk.

Misschien is het een wanhopige zoektocht naar liefde, het geloof in God. God is liefde, heb ik vader Barneveld meermalen horen zeggen, met zijn dreigende stem die het nog op tafel staande eetgerei deed sidderen. Maar dan zou ik zeggen, als God liefde is, zoek die liefde niet met je hoofd, zoek liefde met je hart. Als God liefde is, dan is Hij overal. Dan zit hij in de teef met wie ik schoft aan schoft stond, in het plakje worst bij de slager, in het zomaar voor mij neergezette bakje water op een terras op een warme zomerdag. Het zit in het aaien in mijn nek, in het begeleiden van mijn baas, in het fluiten van de vogels, het schijnen van de zon. God, dat ben je zelf.

De mensen hebben, als ze er niet meer uitkomen, zelfs niet meer met God, allerlei boekjes waarin staat hoe het moet. Daar staat dan bijvoorbeeld in dat ze bij de dag moeten leven, dat ze de dag moeten 'plukken'. O ja, zeggen ze dan, natuurlijk, dat ga ik doen, morgen, want vandaag moet ik nog heel veel afmaken en vanavond moet ik sporten en televisie kijken. En als morgen vandaag is geworden, kunnen ze weer niet de dag plukken omdat ze in de file staan en naar oma moeten of belastingpapieren moeten invullen of moeten fonduen met mensen die ze niet leuk vinden. Die boekjes hebben gelijk, maar *zijn* in het hier en nu, dat gaat de mens niet goed af.

Het ergste van God vind ik de angst die hij zaait. Die doodsbange Barneveldjes, die de hele dag het goede moesten doen, deden niet goed omdat ze het zelf wilden, nee God wilde dat. Ik doe goed omdat ik voel dat ik dat moet doen, mijn moraal komt voort uit mezelf, hij is niet opgelegd door een opperwezen.

Ik hoor de mensen vaak praten over de verruwing van de maatschappij, de verhufterisering, dat komt omdat er steeds minder mensen zijn die in God geloven. Die hebben geen eigen moraal. Vroeger regelde Hij alles, nu moeten ze dat zelf doen en dat kunnen ze niet. Als je een dictator gewend bent is het heel moeilijk om zonder te leven.

Mijn baas gelooft niet in God.

'Hoe kan ik nou in God geloven,' hoorde ik hem ooit tegen een Jehova's getuige zeggen.

Een Jehova's getuige is iemand die op de meest onmogelijke tijdstippen langs de deuren gaat om mensen te bekeren tot God.

'Als God zou bestaan, was Hij een sadist. Je gaat toch niet voor je lol mensen blind op aarde zetten?'

Nee, zei de Jehova's getuige, dat zag mijn baas toch verkeerd, met excuses voor het taalgebruik. God had er iets mee voor, met de blindheid van mijn baas. Hij wilde ermee zeggen dat de mens het ook zonder zicht waard is om te leven in Gods schepping. Zo geweldig was alles wat Hij gemaakt had.

'Jij hebt makkelijk praten,' zei mijn baas, 'jij loopt niet overal tegenop. Jij kunt fietsen, jij kunt autorijden.'

'Als u gelooft,' zei de jehova, 'kunt u dat ook. Hij zal u laten zien, als u maar begrijpt wat Hij met u voor heeft.'

'Nou, geef mij dan de sleuteltjes van jouw auto maar eens even hier. Nee, in dat geloof, daar trap ik niet in broer, ik ben al afhankelijk genoeg, als ik nou ook nog eens afhankelijk moet worden van die God, het lijkt mij wat veel. Ik hoef die God van jou niet. Dag meneer.'

'Ik wens u heel veel wijsheid toe meneer,' zei de jeho-va, 'en sterkte. U zult het nodig hebben. En mocht u van gedachten veranderen, hier is mijn kaartje.'

'Hè, nou is God toch weer vergeten het in braille te schrijven. Wat heb ik daar nou aan, aan een God die niet eens braille kent?'

Hij gooide met een harde knal de voordeur dicht.

Opeens begreep ik waarom de teef naar de vrouw met de hondenogen keek en waarom de vrouw, net als mijn baas, een rood hoofd had.

'Kom 'ns, Blista,' riep de vrouw naar de teef.

Blista liep langzaam naar haar bazin, tussen de benen van de omstanders door, die zich begonnen te verspreiden. Ik volgde. Ik zorgde dat ik buiten handbereik van mijn baas bleef, hoewel ik zag dat er iets in hem was veranderd. Zijn gezicht had niet meer de gebruikelijke, verbeten trek. Zijn ogen waren niet langer op de grond gericht. Zijn armen hingen losjes langs zijn lichaam, zijn schouders waren gezakt naar de hoogte waarop ze bij de meeste mensen hangen.

'Binnenkort, Suzanne,' zei hij met een brede glimlach tegen de vrouw, 'zijn er misschien een paar kleine geleidehondjes.'

Ze lachte. Ik zag dat er geen gevaar was en meldde mij bij mijn baas door zijn been aan te raken. Hij aaide mijn kop, ik was aangenaam verrast, dat had hij al in geen dagen gedaan. Hij klopte op mijn rug, ik voelde de warmte van zijn hand. We stonden daar, onder dat bord met de dame in lingerie, in de lelijke, onpersoonlijke winkelstraat, opeens zo, ja, hoe moet ik het zeggen, zo huiselijk, alsof we met zijn vieren vanzelfsprekend bij elkaar hoorden. Alsof we hier vaker stonden op zaterdagmiddag, even nadenkend of we, voordat we naar huis zouden gaan, nog iets moesten kopen om het thuis nog gezelliger te maken. In een flits zag ik onze toekomst voor me. Hij met de vrouw, ik met de teef.

'Wat een consternatie zeg,' zei Suzanne. 'Ik heb het er warm van gekregen. Ik schaamde me dood.'

'Ik ook,' zei mijn baas.

'Zullen we even ergens iets gaan drinken?' vroeg Suzanne.

Ja, blafjankte ik.

'Je hond vindt het een goed idee,' zei Suzanne.

Verstond ze mij, of zag ze het aan mijn staart?

'Hoe heet hij eigenlijk?'

'Perkins,' zei mijn baas.

'Perkins, wat een stoere naam. Perkins en Blista, een goed setje, vind je niet? Maar hoe heet jij?'

'O, sorry, ik heet Sikko.'

Suzanne bleek een zeer doortastend persoon. Mijn baas had haar vraag nog niet beantwoord. Ze gaf hem een arm en zei: 'Kom, Blista heeft dorst.'

Ik liep naast hem, hij hield mijn tuig niet vast. Suzanne had Blista wel aan de lijn. Er kwam een gedachte in me op die zo krachtig was dat ik niets anders kon doen dan proberen haar onmiddellijk uit te voeren. Ik ging achter Suzanne lopen en blafte zoals ik anders nooit blaf.

De blaf die ik normaliter bezig is de blaf die de andere rassen ook blaffen. Hij is niet hard, niet onderscheidend. Het is een onopvallende blaf waaraan je oren zich geen buil kunnen vallen. Een beschaafde stadsblaf, zal ik maar zeggen. Nu blafte ik de Ottomaanse blaf. Die blaf die Sukur blafte, een van de helden van onze familie. Sukur blafte zijn blaf der gerechtigheid op 4 februari 1895.

33

De winter was dat jaar in het noorden van Italië zeer streng geweest. Toch weerhield dat Giuseppe Combinati er niet van een flinke wandeling te maken. De gewezen dorpssmid kampte met depressiviteit. Bij een noodlottig ongeluk in zijn werkplaats had hij het licht in beide ogen verloren. Het ergste van alles was, dat het zijn eigen stomme schuld was.

Hij stond, op die tragische ochtend, aan zijn aambeeld. Hij bewerkte een oude ploegschaar. Even keek hij van zijn arbeid op, had hij dat maar nooit gedaan. Hij zag zijn verloofde voorbijlopen, met een andere man. Hij kon zijn ogen niet geloven, hij knipperde tegen de felle zon, maar ze was het echt. Simona, Simona Limoncelli, de mooiste vrouw van heel Zuid-Tirol. De vrouw die zoveel warmte uitstraalde dat alle sneeuw smolt waar zij geweest was. Simona, voor wie hij met zijn eigen handen bezig was een huis te bouwen op de mooiste plaats van het dorp.

Ze liep daar met Dario Martello, de sukkelige, pafferige timmerman die nog geen spijker recht in een plank kon slaan. Giuseppe Combinati hief in ongeloof zijn voorhamer en gaf een woedende klap op de oude ploegschaar. Twee splinters vlogen van het roestige, hete stuk ijzer, één in elk oog. Hij was op slag blind.

Niemand, behalve zijn geleidehond Sukur, die hij na een jaar revalideren in een naburig Oostenrijks Blindenveranstalltungsort kreeg toegewezen, heeft ooit van de tragische reden van Giuseppes ongeluk geweten.

Op 4 februari 1895 wandelden Giuseppe en Sukur door het besneeuwde landschap. Giuseppe hield van deze omstandigheden, want hij hield van gevaar. Sinds hij blind was geworden, vond hij zijn leven dodelijk saai. Hij kon alleen wat men nu een kick krijgen zou noemen, als hij met Sukur over de steilste paadjes liep die er in Zuid-Tirol te vinden waren. Het enige wat hem nog voldoening schonk was het scheren langs de diepste afgronden, die een ziende de adem zouden doen stokken. Giuseppe bleef er koel onder, hij kende geen hoogtevrees.

Op de bewuste 4 februari 1895, na een ijzingwekkend spannende wandeling, waarbij Giuseppe twee keer was uitgegleden, maar door de vastberadenheid van Sukur niet in de afgrond was gevallen, op die historische vierde februari, liepen ze het dorp binnen, toen Sukur plotseling Simona zag lopen. Simona was intussen met de pafferige, sukkelige Dario getrouwd. Soms, als Giuseppe veel wijn gedronken had, riep hij uit: 'O God, dank u voor mijn blindheid, die mij de gruwel bespaart van die twee met elkaar te zien lopen of nog erger.'

Sukur zag Simona, stond een ogenblik stokstijf stil, haalde diep adem, zette zich schrap en blafte zijn Ottomaanse blaf. Het geluid kaatste tegen de bergtoppen, rolde door de dalen. Sukur blafte nog eens en nog eens, het leek alsof het hele landschap vol stond met Ottomaanse herders. Hoog boven Giuseppe zwol een onheilspellend gerommel aan. Hij wist, zoals elke bergdorpbewoner, wat dat betekende. Hij stond stil, draaide zich om naar het zware, alles op zijn weg vernietigende geluid, dat snel naderbij kwam. Hij hief zijn hoofd op, spreidde zijn armen en wachtte.

'Neem mij op in Uw eeuwige liefde o Vader,' sprak hij smekend. 'Laat mij tot U opgaan.'

Sukur deed geen poging hem te redden. Giuseppe was niet bang, en dankte zijn hond, die hij altijd al had beschouwd als plaatsvervanger van God op aarde en die hem nu uit zijn ondraaglijke lijden zou verlossen. Maar vlak voordat het Giuseppe zou bedelven, nam het zware, schurende, krakende geluid een andere weg. Knarsend, kreunend, huizen wegduwend als waren het vergeten meubeltjes uit een poppenhuis, zocht de lawine zich een weg het dal in.

Giuseppe stond vol ontzag te luisteren. Dit geluid, daar kon niets tegenop, zelfs onweer verbleekte erbij. Het massieve schuiven van de sneeuw klonk zekerder dan welke donderslag dan ook. Het was de dood zelf die hij daar hoorde. Maar niet zijn eigen dood.

Toen het geluid ten slotte was weggestorven was het stiller dan Giuseppe ooit gehoord had. Hij wenste dat hij in deze zuivere, eeuwige, tintelende stilte mocht oplossen. Dat hij één mocht worden met dit niets. Het gebeurde niet. Hij bleef staan, voelde de sneeuw onder zijn kouder wordende voeten, voelde Sukur die zijn kop tegen zijn been duwde. Hij stond daar zo nietig, zo klein, hij was zelfs te klein voor een lawine.

Toen voelde hij plotseling de warmte naast zich die hij zo goed had gekend als ziende.

Ik ben toch dood, dacht hij, en zij ook. We zijn herenigd.

Simona riep wanhopig zijn naam. Ze greep zijn gehandschoende handen.

'Ons huis,' snikte ze, 'ons huis! Dario was binnen, hij is dood, hij is dood!'

De pafferige, sukkelige Dario werd drie dagen later onder het puin vandaan gehaald. Hij had zijn nijptang nog in zijn hand, waarmee hij, toen de lawine kwam, net bezig was geweest een kromme spijker uit een plank te trekken.

Nog eenmaal in zijn leven heeft Giuseppe zijn oude beroep van smid uitgeoefend. Op een mooie, heldere middag in mei, toen de ijle frisse lucht rook naar oneindig veel liefde en geluk, heeft hij, samen met Simona, heel voorzichtig hun trouwringen gesmeed. Giuseppe werd sindsdien door heel Zuid-Tirol op handen gedragen. Hij was de blinde met de mooiste vrouw van de wereld.

Dat zou, dacht ik, terwijl ik achter Suzanne ging lopen, mijn baas ook kunnen worden. Suzanne was mooi, maar mijn baas was verlegen. Hij had een, zoals de mensen dat noemen, minderwaardigheidscomplex. In wezen is mijn baas een hele leuke man. Dat zien vrouwen. Vooral mooie vrouwen zien dat, of iemand leuk is. Mijn baas oefent een enorme aantrekkingskracht uit op mooie vrouwen. Dat doet hij nu, in onze nieuwe stad, nog steeds, al is dat niet meer nodig.

Ik weet hoe dat komt, althans, ik heb er een theorie over. Mijn baas verandert niet als er een mooie vrouw in de buurt komt. Hij gaat niet raar doen, stopt zijn trouwring niet snel in zijn zak, hij gaat geen drankjes bestellen, zenuwachtig lachen of uitsloverig lopen. Mijn baas blijft die onhandige, soms nare, maar eigenlijk toch aardige, wijze man met wie heel snel een gesprek op niveau te voeren is. Mooie vrouwen vinden het denk ik prettig niet altijd op hun uiterlijk beoordeeld te worden, niet altijd als een lustobject te worden gezien. Mannen worden namelijk als ze een mooie vrouw zien, geil. Dat is hetzelfde gevoel dat mij bekruipt als ik een loopse teef ruik. Mensenvrouwen zijn heel vaak loops.

Suzanne was mooi en hield zo te zien van aanpakken.

Ze liep stevig gearmd, geanimeerd pratend met mijn baas door de straat. Ze leek mij echt een vrouw voor hem. Maar dat minderwaardigheidscomplex van hem, waar ik het over had, maakte dat hij nooit op flirten of indirecte aanzoeken van vrouwen inging. Hij vond zichzelf, en dat is zeer jammer, niet goed genoeg.

'Wat zou ze nou met mij moeten,' vroeg hij zich vaak hardop af, als we naar huis liepen na een leuk diner of een toevallige ontmoeting.

'Vrijen,' wilde ik dan roepen, 'praten, lachen, samen met jou wijn drinken uit een glas, 's nachts liggen in het gras, ze kan je over de sterrenhemel vertellen, alles moet ze met jou, alles.'

Ik blafjankte het, maar dat had alleen maar als effect dat hij geïrriteerd werd omdat hij dacht dat er iets niet goed was. Hij gaf me een paar brokjes 'voor de gestresste hond'. Ze smaken alsof ze van een gestresste hond gemaakt zijn, die drie uur heeft liggen koken in water aangelengd met zijn eigen urine.

Ik heb het er vaak met collega's over gehad, over dat minderwaardigheidscomplex, tijdens de reünies van de opleiding. Een aantal herkenden zich in mijn constatering. Hun blinden, ook stuk voor stuk in wezen leuke intelligente mensen, hadden dat ook.

'Ze nemen,' zo formuleerde Patser het heel treffend, 'genoegen met veel te weinig. Ze zijn al veel te snel tevreden met hun leven. Ze denken veel te gauw bij zichzelf: laat ik mijn mond maar houden, het gaat best zo, meer mag en kan ik van het leven niet verwachten. Maar in het diepst van hun hart zijn ze wel ontevreden, en tegen wie zeggen ze dat?'

Wij blaften en jankten in koor: 'Tegen ons!'

'De hond is de lul,' riep Bengel.

Bengel blaft altijd wat hij denkt, zijn baas is een van de oprichters van Trots Op Holland.

'Het is,' ging Bengel verder, 'allemaal de schuld van de maatschappij. Die houdt onze blinden klein. Ik word niet goed van al die vragen die mijn baas altijd krijgt. "Bent u het al lang? Zou u weer willen zien? Wat jammer dat u niet kunt zien, u staat voor een schitterend gebouw." Hij slaat zich er wel doorheen, maar het is stuitend, een schande! Ze hebben het altijd over wat hij niet kan. Terwijl hij veel meer wel dan niet kan. Al die sukkels die hem steeds maar die vragen stellen kunnen veel minder dan hij. Ja, zien, dat kunnen ze, waarom, dat is een godsraadsel. Want wat heb je aan ogen als daar een enorm dom stel hersens achter zit?'

Wij lachten en klapten in onze poten. Patscr deed er nog een schepje bovenop.

'Laatst liep ik met mijn bazin naar haar werk, toen zomaar iemand, we hadden hem nog nooit gezien, vroeg of mijn bazin wel eens seks had gehad.'

Kelly, die Patser niet mocht, zei: 'Ja, als hij dat nou aan jou had gevraagd had ik het een goede vraag gevonden.'

Patser schoot overeind en hapte woedend naar haar.

'Ho, rustig,' zei Wouter, hij was de hond van een politicus.

Hij was in de loop van de jaren op zijn baasje gaan lijken. Dat is iets wat men vaker ziet. Mensen zeggen altijd dat bazen op hun honden gaan lijken, maar het is bijna altijd andersom. Dikke mensen hebben dikke honden, agressieve mensen agressieve, lieve mensen lieve. Suzanne en Blista waren daar het levende bewijs van. Wou-

ter wilde, net als zijn baas, alles altijd met praten oplossen. Dan kom je altijd ergens in het midden uit, zei
hij. Dan heb je het hoogst haalbare bereikt. We leven nu
eenmaal in een maatschappij die gebouwd is op compro-
missen en daar heb ik mij, ook als hond, bij neer te leggen.

Ik ben het daar niet mee eens. Mensen, die kunnen
water bij de wijn doen, maar aan water dat voor ons bestemd is mag geen druppel wijn worden toegevoegd.

'Kelly, Patser,' zei Wouter, 'praat het uit. Blaf, maar
bijt niet.'

Patser wilde niet praten. Hij was diep gekwetst door
Kelly's opmerking.

'Takkenteef,' gromde hij.

Kelly weet intuïtief altijd precies hoe ze andere honden het diepst kan raken.

'Ach,' blaft ze soms moedeloos, als ze weer eens met
een scheur in haar oor rondloopt, opgelopen door een
opmerking, 'dat is mijn tefelijke intuïtie. Ik kan mijn
mond nooit houden, maar ik ben wel mooi een van de
meest geëmancipeerde teven van dit land. Ik laat niet
met mij sollen!'

Patser ging boos terug naar zijn plek. Hij gromde nog
wat na en kauwde zijn tanden bijna kapot op zijn reünie-
bot. Wouter probeerde intussen Kelly zover te krijgen
dat ze haar excuses zou aanbieden. Dat weigerde ze re-
soluut.

'Ik heb gewoon gelijk,' lachte ze triomfantelijk. 'Wie
laat zich nou berijden door die Patser! Ik heb eens gezien dat hij Marion besteeg.'

Marion was de hond van een blinde weerkundige uit
De Bilt. Ze was niet aanwezig op de reünie, er was nood-

weer voorspeld, zware hagelbuien met windstoten, ze kon niet gemist worden.

'Marion had helemaal geen zin in Patser,' zei Kelly, 'ze liep gewoon onder hem vandaan.'

Patser schoot weer omhoog, maar intussen had zich een kring van teven rond Kelly gevormd.

'Je krenkt haar geen haar, hoor je,' baste Ronja.

Op dat moment besloot ik in te grijpen.

'Kom op Patser,' zei ik, 'wees een reu. Laat je niet op-naaien, laat die teven toch kijven.'

'Volgens mij is Patser eigenlijk homo, hij durft alleen nog niet uit de mand te komen,' zei Eugene, wiens baas voorzitter was van De Roze Stok, een orgaan dat de emancipatie van blinde homo's ter hand had genomen.

'Ik, homo? Ik zal je, vieze poot.' Patser ontplofte.

De mensen die ons destijds hadden getraind, en ook allemaal op de reünie aanwezig waren, merkten dat er onrust was en begonnen ons af te leiden met het gooien van stokken. Daar werden we zo door in beslag genomen dat we het hele opstootje snel vergeten waren. Patser en Kelly snuffelden zelfs even aan elkaar vlak voor het naar huis gaan. Wouter sloeg het tevreden gade.

'Er is altijd een weg,' zei hij. 'Linksom of rechtsom, dat maakt niet uit, als je maar uitkomt waar je wilt.'

Ik blafte, in die saaie, keurige winkelstraat, de Otto-maanse blaf. Die machtige blaf, die lawines kon opwek-ken, moordenaars een hartstilstand kon bezorgen en in-brekers voor eeuwig op het rechte pad kon doen belan-den. Maar de blaf vermocht niet wat ik hoopte. Er vielen een paar teenslippers van een buitenstaand winkelrek, enkele vrolijk gekleurde luchtballonnen knapten, een afvalcontainer viel om, maar Suzanne liet Blista's lijn niet los. Ze schrok, sprong zeker twintig centimeter de lucht in, mijn baas mee omhoogtrekkend, maar ze deed niet wat ik hoopte.

Ach, als, dacht ik, als, dan renden wij nu als vrije reu en teef elkaar achterna, dan leefden we van de wind en de zon en wat de mensen zoal weggooiden. Daar kon je makkelijk van leven, wist ik van de vrije honden, de mensen gooien meer voedsel weg dan ze opeten, zo wel-varend is Nederland. De vrije honden, waar ik af en toe, als ik even niets te doen had omdat mijn baas een winkel binnenging waar men liever geen honden had, zaten vol mooie verhalen. Hier, in onze nieuwe stad, heb je er nog meer dan in Nederland. Ze hebben een soort lef, een soort durf die wij ons niet kunnen permitteren. Wij zit-ten immers altijd met lijnen vast aan de mens.

Blista keek geamuseerd om. Ze begreep precies wat mijn bedoeling was geweest.

'Ach, het komt wel goed,' kwispelde ze. 'Doe nou maar gewoon wat je opgedragen wordt.'

'Wat heeft die hond van jou een enorme blaf, Sikko,' zei Suzanne. 'Weet je zeker dat hij geen dovengeleidehond is?'

'Zo heb ik hem nog nooit horen blaffen,' zei mijn baas. 'Is er iets?'

'Ja, natuurlijk is er iets, hij is helemaal hoteldebotel van Blista.'

Blista en ik waren weer begonnen met snuffelen, maar Suzanne greep kordaat in.

'Nee,' zei ze, 'niet nog een keer. Dat kunnen we al die mensen hier niet aandoen. Dan krijgen we steeds maar weer die vragen van kinderen: mevrouw, wat doen die hondjes raar, wat is dat? En dan moet ik zeggen, nou, het ene hondje heeft zand in zijn oogjes gekregen, en nou duwt het andere hem naar huis.'

Mijn baas lachte, ook al kende hij de grap al. Het was een oude grap van een oude cabaretier, waarvan mijn baas alle platen heeft. We gingen zitten op het terras van een lunchroom. De mensen tegenover elkaar, ik naast mijn baas, Blista naast Suzanne.

'Geen gerotzooi meer,' zei Suzanne streng, 'gewoon even wat drinken, ik zal een bak water voor jullie vragen. Zeg, Sikko, wat doe jij eigenlijk, heb je werk?'

Daar had je weer zo'n vraag, zoiets vroeg men nooit aan een ziende.

'Ja,' antwoordde mijn baas, 'ik heb werk.'

Er viel een stilte, Suzanne wenkte intussen de ober, die het ontzettend druk had met het terugnemen van verkeerde bestellingen.

'Wat voor werk?'

'Op een kantoor.'

'Wat voor kantoor?'

'Een, eh, een groot kantoor.'

'Doe niet zo geheimzinnig. Ah, ober, ober, oooober, een bak water graag, en voor mij een prosecco, jij ook Sikko, een prosecco?'

'Jaja, ja graag.'

Wat was dat nou weer, prosecco, daar had ik nog nooit iemand over horen praten. Zou hij weten wat het was? Hij dronk altijd bier, heel soms een rosétje. Het was waarschijnlijk zo'n drankje dat even 'in' was.

'Maar wat voor kantoor dan?'

Suzanne wist van geen ophouden. Hij had nog nooit aan iemand verteld waar hij werkte, alleen zijn moeder wist het, en zijn broer, maar die had de ziekte van Alzheimer dus dat gaf niet. Ik wist het natuurlijk ook, al wist hij dat niet. Ik had het een paar honden verteld tijdens de reünie. Ze waren diep onder de indruk. Alleen Wouter had het niet verstandig gevonden dat ik zoveel honden deelgenoot gemaakt had van iets dat maar beter 'onder de pet' kon blijven.

Meestal loog mijn baas, dan zei hij dat hij op een groot administratiekantoor werkte zonder verder in details te treden. Dat leek hij nu niet te gaan doen, dat verbaasde me en gaf me hoop. Ik keek naar Blista en stelde me voor dat we samen in een huis zouden wonen. Dat we samen water zouden drinken uit een liefdesbak.

'Wat is dat dan voor kantoor, of is het echt geheim?'

'Ja.'

'Mag ik het niet weten?'

'Nee, anders zou het niet geheim zijn.'

'Maar je kunt het toch met me delen?'

Delen, dat was ook zoiets dat ín was, net als prosecco. 'Ik wilde even mijn zorg over een Saoedi-Arabisch netwerk met je delen,' had ik de chef van mijn baas eens tegen hem horen zeggen.

'Maar ik ken je helemaal niet,' zei mijn baas, 'ik weet niet of je te vertrouwen bent.'

'Ik ben te vertrouwen, al zeg ik het zelf, daar steek ik mijn hand voor in het vuur. Ik heb inzage in zeer geheime stukken.'

'Wat voor stukken?'

'Die zijn net zo geheim als jouw beroep."

'Wat doe je dan, en wil je de ober eens vragen waar de prosecco blijft?'

'De prosecco, ja, nou, ik zie hem niet. O ja wacht, daar staat hij, hij staat te bellen. Belachelijk, het hele terras zit vol, hij is de enige ober, gaat ie staan bellen. Als wij ons werk net zo slecht zouden doen als het horecapersoneel dan werd het een zootje in dit land. Ik was laatst in Duitsland, daar waren ze blij dat ik juist hun etablissement met een bezoek vereerde. "Guten Tag", was möchten sie trinken?" Maar hier, die jongen keek ons aan met een blik van: wat komen jullie hier doen? Zie je dan niet dat het hier al druk zat is, opzouten! Ober, wij hadden twee prosecco en een bak water besteld, weet je dat nog?'

'Twee proseccootjes en een bakje water, helemaal goed, gaan we regelen mevrouw.'

Suzanne zuchtte. Mijn baas voelde op zijn braillehorloge hoe laat het was. Hij schuifelde onrustig met zijn voeten heen en weer.

'Zullen we anders maar gaan,' zei hij.

'Ik dacht het niet,' zei Suzanne, 'nu zal ik die prosecco hebben ook, al wordt het twaalf uur vanavond.'

Mijn baas keek zeer geamuseerd. Het was zaterdagmiddag, hij luisterde altijd als we van ons rondje door de stad terugkwamen naar BBC radio four, daar mocht niets tussenkomen. Maar ik zag dat de BBC moest wijken voor Suzanne.

Aan het tafeltje naast ons brak een opstand uit.

'Ik kom hier nooit meer,' brulde een ongelofelijk dikke man, die twee stoeltjes nodig had om te kunnen zitten. 'Veertig minuten zit ik al te wachten, veertig minuten, op een moorkop!'

'Als u nog wat langer blijft zitten heeft u nog maar één stoeltje nodig,' zei de ober, waarop de man woedend wegbeende, zijn ondanks dat het twintig graden was in bontjas gehulde vrouw met zich meetrekkend.

'Dat ruimt op,' zei de ober in de stilte die volgde. Nou had ik toch behoorlijk vaak met mijn baas op terrassen gezeten, maar iets als dit had ik nog nooit meegemaakt. Het had, weet ik nu, met Suzanne te maken. Overal waar we met haar komen gebeurden onverwachte dingen.

'Maar vertel nou eens,' vervolgde ze alsof er niets gebeurd was, 'wat is je geheime beroep, dan vertel ik je het mijne.'

'Ik ben,' zei mijn baas gedempt, hij boog voorover naar Suzanne, zijn hoofd raakte het hare. 'O, sorry, neem mij niet kwalijk, ik wist niet dat je zo dichtbij was.'

'Geeft niet hoor, ga door, ik ben...'

'Ik ben tapper.'

'Tapper! Nou, dan ligt hier heel wat werk voor je. Maar, even praktisch, hoe weet je als je getapt hebt, aan wie je het glas moet geven, het is altijd lawaaiig in cafés.'

'Nee, ik ben geen tapper in de horeca.'

'Nee, dat kan ook eigenlijk niet, jij bent te aardig en

te beleefd voor de horeca, jij hebt normen en waarden. Maar waar tap je dan?'

Daar kwam de ober, met prosecco en een bak water. De bak was te klein om tegelijk uit te drinken. Blista dronk eerst, ik heb ook normen en waarden.

'Proost.' Suzanne tikte haar glas tegen dat van mijn baas.

'Proost. Ik tap,' hij slikte de prosecco, een champagnekleurig bruisend drankje, met een vies gezicht door, 'ik tap...'

'Wilt u even afrekenen, we gaan zo sluiten, zeven euri alstublieft, bakje water is gratis, service van de zaak.'

Mijn baas maakte geen aanstalten zijn portemonnee te pakken. Suzanne wachtte, maar toen de ober ongeduldig begon te kuchen greep ze in haar handtas en haalde een briefje van tien tevoorschijn.

'Houd de rest maar, dat is voor die opmerking tegen die dikke man, dat was werkelijk meesterlijk.'

De ober lachte en liep fluitend weg.

'Ik tap...' Plotseling stond er een enorme reu achter Blista. Ze had hem al in de gaten. Grommend draaide ze haar kop om. Ik stond op en ontblootte mijn tanden. Een lelijke reu was het, met een aanstellerige krulletjesvacht. Hij keek gemeen uit zijn ogen. Hij behoorde zonder twijfel tot een te ver doorgefokt ras, dat vol zat met allerlei inteeltziektes. Ik was niet bang voor hem, Ottomaanse herders kennen geen angst. Ik deed twee langzame stappen vooruit en gromde de grom die het draaideurcriminelen en andere kruimeldieven dun langs de benen laat lopen. De grom die mensen omhoog doet kijken, omdat hij klinkt als onweer op afstand. De grom voldeed. Met zijn staart tussen zijn poten droop hij af.

'Ik tap,' mijn baas nam de laatste slok prosecco, zijn stem was niet meer dan een gefluister, 'ik tap bij de AIVD.'

'Hoe is het mogelijk,' riep Suzanne uit, 'dan val je onder mij. Hè, wat raar, we zitten naar elkaars geheimen te vragen en dat zijn dezelfde geheimen. Ik lees jouw rapporten! Wat jammer dat we niet nog een drankje kunnen nemen. Wat een toeval is dit.'

Tappen is het afluisteren van telefoons. Daar is mijn baas heel goed in, omdat hij blind is. Althans, dat denken degenen die hem hebben aangenomen. Hij schrijft op wat potentiële terroristen tegen elkaar zeggen door de telefoon. Dat is meestal niet veel. Het gaat vaak over varkens en honden, en dat ze van het hele land een kerkhof zullen maken. Daar komt eigenlijk nooit iets van terecht.

'Maar wat is dan precies jouw functie?' vroeg mijn baas.

'Ik ben de nationale coördinator terrorismebestrijding.'

'Ik dacht al dat ik tegen jou kon vertellen wat ik doe,' zei mijn baas.

'Ja,' zei Suzanne, 'maar zeg je dat tegen elke vrouw die je op straat tegenkomt en die je afhoudt van het slaan van je hond?'

Hij zweeg beschaamd.

'Dat mag je dus nooit, maar dan ook nooit meer doen, je hond slaan bedoel ik. En scheld hem alsjeblieft niet zo uit. Hij doet wat hij kan en hij ziet er waanzinnig uit.'

Mijn baas aaide me over mijn kop. Hij kon geen woord uitbrengen. In andere gevallen zou hij kwaad geworden zijn, hij heeft een enorme hekel aan mensen die hem terechtwijzen.

'Perkins verdient het niet. Mag ik wat zeggen?'

Ze wachtte niet op antwoord. De ober begon de tafels en stoelen op te ruimen.

'Je ziet er grimmig uit. Nu niet, maar zoals je door de stad loopt. Gek trouwens dat ik je nooit bij de AIVD heb gezien, hoewel, dat pleit eigenlijk voor je, je komt er ongezien naar binnen.'

'Ik neem altijd de achteringang,' zei mijn baas, 'dat is voor mij makkelijker.'

Hij frunnikte zenuwachtig aan mijn oor en kuchte. Suzanne speelde met vuur. Hij kon elk moment in woede ontsteken.

'Je ziet eruit,' vervolgde ze kalm, 'alsof je de hele wereld verwijt dat jij blind bent. Alsof alle mensen expres zo veel mogelijk moeite doen om zo veel mogelijk obstakels op jouw weg te zetten. Maar daar is de wereld niet op uit, waarom zou ze? Wat zou ze daar voor belang bij hebben? Jij voelt je een slachtoffer.'

Nu ging ze wel heel ver. Ze had gelijk, ik had het ook vaak bij mezelf gedacht, maar ik zei het hem niet, omdat ik het niet kon zeggen.

'Een slachtoffer van je eigen onvermogen om te kunnen zien. Ik zie het vaker bij minderheden. Ik wil niet alle gehandicapten over één kam scheren, maar ik heb een zwager die in een rolstoel zit. Vijf jaar geleden is hij tijdens het jeu-de-boulen verlamd geraakt. Hij is precies als jij. Ik heb een keer, toen ik nog agent was bij de AIVD, een nieuw, heel klein microfoontje in zijn rolstoel verstopt. Hij ging de straat op, ik luisterde hem af, ja, dat was illegaal natuurlijk, maar om het apparaatje te testen vond ik dat het kon, het was in het landsbelang. Hij kwam heel helder door. "Teringstoep, klotensmal, ongelijk ook nog eens, waarom snoeien de mensen niet, kutlantarenpaal, daar kan ik niet langs, schijtauto, staat in de weg, ze doen het er gewoon om."

Twintig minuten lang ging dat door. Hij schold op mensen die hem wilden helpen, riep dat zij makkelijk praten hadden, omdat zij konden lopen en dat hij ze zeker niet zou helpen als zij in een rolstoel terecht zouden komen. Bezweet en met een knalrode kop kwam hij weer thuis. Ik had zijn hele rit op een bandje opgenomen. Ik liet hem de opname horen, hij was verbijsterd, echt, hij schaamde zich dood. Hij was niet eens kwaad dat ik hem had afgeluisterd. Hij is gelijk de volgende dag gaan praten met een psycholoog. Die heeft hem in tien behandelingen – meer vergoedt de verzekering niet tegenwoordig – tot een ander mens gemaakt. Alle energie die hij vroeger voor zijn woede gebruikte steekt hij nu in zijn werk, en in zijn vrouw, mijn zus, ze wilde eigenlijk van hem scheiden, maar geen haar op haar hoofd die daar nu nog aan denkt.'

Blista was in slaap gevallen.

'Je wilt toch niet zeggen,' zei mijn baas, 'dat ik net zo ben als jouw zwager?'

'Jawel, hoe jij die arme Perkins stond uit te foeteren, daar lusten de honden geen brood van.'

Wat een lef had ze, dat ze dit recht in zijn gezicht durfde te zeggen. Hij ging er niet tegenin. Hij zei niet: 'Mensen die gek zijn, die gaan naar een psycholoog, dus ik ben gek, dat wil je zeker zeggen hè, ik ben gek, nou, zeg het dan?' Dat had ik hem ooit eens tegen een collega horen zeggen, die hem ook attent had gemaakt op zijn boze voorkomen op straat.

Hij was niet altijd zo boos geweest. In het begin was hij blij met me geweest, echt blij, zo blij als ik mensen zelden gezien heb. Meer hondenblij was het, dartel blij. Te dartel, net als ik, en dat werd hem op een avond bijna noodlottig.

Die blijdschap heeft hij inmiddels teruggevonden in onze nieuwe stad. Dartelheid kan hier weinig kwaad, de straten en de stoepen zijn hier breed. Dat hij het in Nederland kwijtraakte komt, ik moet en kan dat nu toegeven, door mij. Terwijl het ooit zo mooi begon.

Mijn eerste dagen als prof waren mooi. Hij waande zich in die tijd onkwetsbaar als ik aan zijn zijde was. We zweefden samen door de straten. We hadden net drie weken van intensieve training gevolgd. Hij kwam daarvoor naar mijn school. Ik werd, zoals dat heet, afgestemd op zijn behoeftes. Dat klinkt vies, maar dat is het niet. Ik moest in die tijd leren om me naar hem te voegen, zijn commando's leren verstaan, zijn dagritme leren kennen en nog zo wat zaken die men op school van belang achtte.

Ik had zo met hem kunnen weglopen, de mens is niet bij machte te begrijpen wat een Ottomaanse herder kan. Ik deed keurig wat er van me gevraagd werd. Als hij 'vooraan' zei begon ik te lopen, als hij 'zoek zebra' zei zocht ik de zebra, als hij 'zoek brievenbus' zei zocht ik de brievenbus. Het enige wat hij dan nog hoefde te doen was de brief posten. Ik had hem ook nog de gleuven 'overige bestemmingen' en 'regio' kunnen aanwijzen, maar dat zat niet in het pakket.

We oefenden in die drie weken met de trein, met de bus, met de metro, met de tram, en als hij 'zoek zitplaats' zei, zocht ik een lege stoel. Als er geen lege stoel was vroeg ik iemand, door hem of haar zo smekend mogelijk aan te kijken of hij of zij wilde opstaan. Het ging perfect, we waren een prachtig paar. We namen trappen zo snel als nooit een blinde met zijn hond had gedaan. We verbaasden de trainers, we liepen samen alsof we dat al jaren deden. Wij konden samen in straf tempo door een porseleinwinkel lopen. Het was dan ook met een gerust hart dat de instructeurs ons uitzwaaiden.

De eerste week samen liepen we ongeveer vijftig kilometer per dag. Hij kon er maar geen genoeg van krijgen. Ik ook niet, ik was blij eindelijk dat te kunnen doen waarvoor ik in de mand was gelegd: dienen.

Het eerste incident waarbij zijn vertrouwen in mij een deuk opliep deed zich voor op een warme avond in mei. Er hing onweer in de lucht, alles stond onder spanning. We waren in Utrecht bij een vergadering van de blindenvereniging. Hij zat in het bestuur. Het was geen leuke vergadering. Er werd de hele avond ruziegemaakt. Niet over grote dingen, men was het op beleidsinhoudelijk terrein volkomen met elkaar eens. Het was 'kinnesinne', zoals de mensen dat noemen. De bestuursleden gunden elkaar het licht in de ogen niet.

Toen de eerste donderslagen in de verte weerklonken, sloot de voorzitter met een oorverdovende hamerslag de vergadering. Men stond op, greep zijn hond en verliet het pand. Mijn baas bekvechtte nog wat na met een van de bestuursleden.

Waarom ik het deed, weet ik niet. Misschien was het omdat ik mijn baas zulke nare dingen over anderen had horen zeggen. Misschien kwam het door het onweer, of door mijn onervarenheid als geleidehond. Het kan natuurlijk ook pure balorigheid geweest zijn. Ik liep met de eerste de beste oude teef en haar baas, de voorzitter, het gebouw uit. We liepen snel door de inmiddels neergutsende regen en de enorme bliksems die het zwerk doorkliefden naar het station. De teef wist precies welke trein we moesten hebben. De conducteur had al op zijn

fluit geblazen en stond op het punt de deuren te sluiten, toen wij hijgend en doornat de trein binnengingen.
'Zoek zitplaats' riep de tot op het bot doorweekte eigenaar van de teef door de coupé. Dat was niet moeilijk, er
was niemand die met dit weer de trein nam.

Terwijl de trein zich in beweging zette, besefte ik pas
wat ik gedaan had. De voorzitter maakte het tuig van de
teef los en raakte daarbij mijn snuit. Hij schrok. 'Hé,' zei
hij, 'nog een? Hoe kan dat nou? Wie ben jij?' Zijn telefoon ging. Nog voor hij zijn naam had kunnen zeggen
hoorde ik de opgewonden stem van mijn baas. Wat hij
zei verstond ik niet.

'Wat?' zei de voorzitter, 'of ik jouw geleidehond heb
meegenomen? Ik weet niet of het de jouwe is, maar hij is
gewoon achter me aan gelopen denk ik... Om jou te pes-
ten? Nee, het is je hond die je pest, ik niet. Ik zet hem bij
het volgende station wel uit de trein, dan loopt hij over
het spoor terug naar jou toe. Als jij dan gewoon op het
perron gaat staan? Ja, het is maar te hopen dat de wissels
goed staan ja.'

Hij lachte daverend om zijn eigen grap. De oude teef
keek ongerust naar mij. Ze dacht waarschijnlijk dat zij
het was die uit de trein gezet zou worden en dat ik haar
plaats weldra zou innemen. Ik stelde haar gerust met een
duwtje van mijn snuit tegen de hare. Ze ging opgelucht
op de vloer zitten.

'Rustig nou Sikko,' zei de voorzitter, hij sloeg met
zijn meegenomen voorzittershamer op het tafeltje tussen de banken. 'Ik zal aan de conducteur vragen of hij de
spoorwegpolitie wil waarschuwen, ja, kan gebeuren, als
je wist wat de mijne flikte toen ik haar net had, die is een
keer in de Rotterdamse haven, toen ik afscheid nam van

54

mijn zus, op een cruiseschip gesprongen. Ik ben haar een maand kwijt geweest. Ja, ik zou zeggen, neem nog een biertje, het is toch pokkenweer, ik... o, ja, dat is zo, er is daar alleen koffie, maar ik bel je zo terug. Dag!'

Hij stopte de telefoon in zijn zak en grinnikte. Na tien minuten rijden remde de trein langzaam af. De conducteur was nog steeds niet geweest. Zenuwachtig sloeg de voorzitter met zijn hamer op het gammele tafeltje. Het kwam los van de wand.

'Conducteur,' riep hij boven een donderslag uit die de teef in elkaar deed krimpen. 'Conducteur!'

De trein hield stil. Ik sprong op en blafte de Ottomaanse blaf. De teef schoot onder een bank, de voorzitter verstijfde, zijn hamer zwevend boven het losgeslagen tafeltje. De schuifdeur ging open.

'Conducteur,' riep de voorzitter.

'Ja meneer dit is station Hilversum, ik vergat het om te roepen, mijn excuses voor het ongemak.'

'Nee, dat geeft niet, ik heb een probleem, ik heb per ongeluk twee geleidehonden meegenomen.'

'Ik zal u zo helpen meneer, ik sluit even de deuren, we moeten verder.'

'Nee, maar...'

'Geen probleem meneer, u hoeft geen boete te betalen voor de tweede hond.'

'Maar die hond moet er hier uit.'

'Die hond, en u niet?'

'Nee, die andere hond, zijn baas is nog in Utrecht, die heeft hem nodig om thuis te komen.'

'Maar u wilt die hond toch niet alleen terugsturen naar Utrecht?'

'Nee, ik weet het niet, iemand moet hem terugbrengen.'

'Wacht even meneer, rustig. Ik loop naar de machinist om te zeggen dat we hier nog enkele momenten blijven. Ik kom zo terug.'

Hij liep weg, de voorzitter legde opgelucht zijn hamer op de bank naast zich. In de verte hoorde ik de conducteur en de machinist bulderen van het lachen.

'Dames en heren,' zei de conducteur door de intercom, 'in verband met een verkeerd ingestapte geleidehond zullen wij nog enkele minuten moeten wachten. Wij vragen uw begrip voor het oponthoud.'

'Zo,' zei hij toen hij vier bliksems later terugkwam, 'het is geregeld. Ik zal de hond overdragen aan de spoorwegpolitie, die hem op haar beurt weer zal terugbezorgen bij de rechtmatige eigenaar. Wat is het adres waar de hond afgeleverd moet worden?'

De voorzitter noemde het adres van het vergadercentrum.

'En om welke van de twee gaat het, dat we niet de hele nacht heen en weer gaan rijden met verkeerde honden?'

De voorzitter voelde naast zich. De teef lag nog steeds onder de bank.

'Waar is die van mij nou weer,' riep hij.

'Hé,' zei de conducteur, 'ik zie er ook maar één.'

'Onder de bank,' blafjankte ik.

'Ze is er toch niet vandoor,' zei de voorzitter, 'anders moet ik deze houden.'

'Sandra,' riep hij, 'Sandra, kom hier.'

Met tegenzin kwam de oude teef onder de bank vandaan. Ze meldde zich bij de voorzitter. Hij hield haar stevig vast bij haar nek.

'Die andere is het,' zei hij.

Ik stond op, groette voorzitter en teef en liep met de conducteur mee.

'Dat moet je niet meer doen, hè jochie,' zei hij, 'of, nou ja, waarom eigenlijk niet. Ik vond het wel geinig, gebeurt er nog eens wat op mijn rondje om de kerk.'

We liepen naar een stilstaande trein die tegenover de onze stond. In een deuropening stond een vrouw in uniform.

'Zo, je hond,' zei de conducteur, 'en hier moet hij heen.'

Hij gaf haar het briefje waar hij het adres op had geschreven. Drie kwartier later was ik terug bij mijn baas.

'Alstublieft meneer,' zei de vrouw, 'het is een hele leuke hond, ik zou hem zo willen overnemen.'

Mijn baas moest een briefje tekenen, als bewijs dat hij mij ontvangen had. Met zijn drieën liepen we weer terug naar het station. We waren nog net op tijd voor de laatste trein naar huis. Mijn baas was blij dat hij mij weer terug had, maar niet alleen blij. Hij was ook gekwetst, hij voelde mijn weglopen als verraad. Dat was het niet, het was pure onbezonnenheid, gedachteloosheid, maar leg dat een mens maar eens uit.

Hij zag er opeens moe en uitgeblust uit, mijn baas. Suzanne zag het ook, precies op het moment dat ik het zag. Ze nam zijn handen, die willoos en slap op tafel lagen in de hare en kneep erin.

'Je bent geen slachtoffer, lieve Sikko. Een slachtoffer van wie dan, van wat? De mensen zijn veel aardiger dan je denkt. Niemand heeft schuld aan jouw handicap of jouw situatie. Het enige waar jij slachtoffer van bent is van een genetisch foutje. Maar slachtoffer zijn en je als slachtoffer gedragen is iets heel anders.'

We waren de enigen op het terras. De ober was klaar met het opruimen van de tafels en stoelen en hij had de lunchroom gesloten. Hij was weggegaan, hij had naar Suzanne gezwaaid en een gebaar gemaakt dat zoveel wilde zeggen als: blijf zo lang zitten als je wilt.

'De wereld ligt voor je open, en als je zelf geen vijand-schap uitstraalt, zul je het niet ontmoeten. Laat me even een parallel trekken. Ik heet "coördinator terrorisme-bestrijding" maar ik zou eigenlijk "coördinator terro-rismevoorkoming" moeten heten. Insecten, die bestrijd je, of ratten, of onkruid, maar als je terrorisme wilt uit-bannen of tot een minimum wilt beperken, moet je het voorkomen. We moeten nog veel meer dan we nu doen gaan praten met mensen die dreigen te radicaliseren. Ik kan dat niet zeggen in het openbaar als coördinator, daar is het nu de tijd niet voor. Dat vindt men soft gezever. Alle columnisten dopen hun pennen in het meest bijten-de gif als ik zoiets zou zeggen. Maar toch is het wel waar. Terroristen worden, hoe gek het ook klinkt, geregeerd door angst. Angst voor de varkensvretende onreine on-gelovige honden, angst voor de Joden, angst voor vrou-wen, kortom, angst voor de meerderheid die iets anders wil dan zij en dat maakt ze gewelddadig. Dus we moeten ze een vraag stellen. Waarom wil je leven in een land dat je beschouwt als vijandig? Waarom ga je niet weg. Waar-om trek je niet op met je broeders in Afghanistan? Dat klinkt hard, maar dat is het helemaal niet. Iemand die de hele dag op een school de boel zit te verpesten en loopt te klieren die stuur je ook op een gegeven moment weg. En als je wel wilt blijven, dan heb je je te houden aan wat wij vinden dat een goede samenleving is. Een samenleving waar iedereen gelijke kansen heeft.'

'Maar,' zei mijn baas, 'die heeft niet iedereen. Ik heb veel minder kansen dan jij.'

'Dat denk je, dat denk je maar en daar gaat het al mis.'

'Maar er zijn toch heel veel vooroordelen?'

'Ja, natuurlijk zijn die er, maar die bestrijd je niet met steeds maar zeggen dat je geen vooroordelen mag hebben, want dat is wat we veel te lang gedaan hebben. Je bestrijdt ze door te laten zien dat ze nergens op slaan.'

'Maar daar heb ik vaak helemaal de kans niet voor gekregen, omdat ik al afgewezen was.'

'Ja, maar dat mag nooit leiden tot frustratie en woede, want dat maakt weer dat jij heel veel vooroordelen gaat koesteren.'

'Jij hebt makkelijk praten. Jij bent een vrouw die er mooi uitziet...'

'Stop, daar ga je alweer, een vooroordeel, hoe weet jij nou dat ik mooi ben?'

'Dat hoor ik.'

Ze lachte en kneep nog wat steviger in zijn handen.

'Kijk, je kunt wel vinden dat de hele wereld vol klootzakken zit, maar daar kom je niet verder mee. Dan ben je de rest van je leven alleen maar bezig om er zo veel mogelijk uit de weg te ruimen. Je moet beter kijken, kijken of er tussen die klootzakken niet een paar mensen zitten die wel leuk zijn. Als je goed kijkt zul je zien dat dat er veel meer zijn dan je dacht. Woede leidt alleen maar tot woede, we moeten uit die spiraal van woede, voor het te laat is. Ik wil meer zijn dan een ongedierteverdelger, een rent-to-kill van de mensheid.'

Het tweede incident vond twee weken na de avond van de vergadering der blinden plaats. We waren in Amsterdam. Mijn baas was daar voor een congres over kansen van blinden op de arbeidsmarkt. Het was nog ver voordat hij bij de AIVD ging werken. De saaie dag kroop voorbij met lezingen, goedbedoelde modelprojecten en interessante voorbeelden uit de praktijk. Er werd veel geklaagd.

Zo klaagde een man, die een snuffelstage had gedaan in het ziekenhuis op de afdeling gynaecologie, dat hij zijn hond niet mocht meenemen naar zijn werk. Schokkend vond hij dat, discriminerend, blind-onvriendelijk en fascistisch. En laat het nou uitgerekend die man zijn met wie mijn baas besloot na afloop van het congres iets te gaan eten.

Het werd een avond vol wederzijdse bevestiging. Een feest van herkenning was het. Ze leken met zijn tweeën een stel oude mannen dat terugkeek op een totaal mislukt leven. Ik was blij dat we om halfelf naar huis gingen. Ik had het benauwd gekregen in het eetcafé waar we vier uur lang hadden gezeten, er werd veel gerookt. Dat mocht je toen nog ongestraft doen in de horeca. Ze hadden het daar niet makkelijk gehad, dat moet ik toegeven. Om de aandacht te trekken van bedienend personeel moesten ze veel lawaai produceren. Toch was het mijn baas gelukt behoorlijk veel bier te drinken. Hij stond zeer onvast op zijn benen toen we naar het station liepen. En ik? Ik was te blij dat ik weer buitenlucht kon ademen.

Het is altijd de bedoeling dat de baas zo dicht mogelijk naast de hond loopt, dan kan de hond goed sturen. Maar aangezien hij binnen twintig meter al vier keer op mijn poot was gaan staan hield ik wat afstand. We liepen langs een gracht, ik maakte een beweging die hij moet hebben geïnterpreteerd als 'rechtsaf'. Ik blafte nog 'pas op!' maar het was al te laat. Met een ijselijke schreeuw die hol weerklonk in de stille avondlijke stad viel hij in het water. Hij ging kopje-onder, spartelde, ging nog een keer kopje-onder en begon toen al watertrappelend om hulp te roepen. Met moeite hield hij zijn hoofd boven water. Hij droeg een dikke winterjas en zware schoenen, maat 47.

Ik kon maar één ding doen: ik blafte de Ottomaanse blaf. De blaf met een kracht die in 1795 de bevolking van het Franse Valmy net op tijd waarschuwde voor een ophanden zijnde allesvernietigende Pruisische aanval. Maar de kracht van die blaf kan ook averechts werken. Dat deed zij nu. De enkele voorbijgangers die in de buurt waren geweest namen snel de benen.

Mijn baas vond godzijdank een stuk hout waaraan hij zich vastklampte. Ik blafte zachter, 'hier moet je heen' wilde ik ermee zeggen, 'hier!' Hij probeerde te zwemmen, maar het bracht hem geen centimeter dichter bij mij. Ik keek om me heen en zag aan de overkant van de gracht een vrouw staan met een stapel boekjes onder haar arm. Ik blafte naar haar, ze reageerde niet. Mijn baas scheen ze ook niet te horen, of ze wilde hem niet horen.

Ik rende naar de dichtstbijzijnde brug, die zich honderd meter links van mij bevond, en snelde op de vrouw af. Ze schrok. Ik ging voor haar op de grond zitten, keek haar aan en gaf haar een poot die ze aarzelend aannam. Toen stond ik weer op en draaide mijn kop naar mijn baas. Ik jankte klaaglijk. Ze volgde mijn blik niet. Ze schoot een passerende man aan.

'Meneer, meneer,' riep ze, 'wilt u soms een *Strijd-kreet?*'

De man bedankte en ik jankte. Ze keek naar me maar snapte mijn bedoeling niet. Ik nam haar rok tussen mijn tanden en begon er voorzichtig aan te trekken. Ze wilde mij van zich afslaan, maar bedacht zich toen.

'Ik moet ergens heen, hij vindt dat ik ergens heen moet,' zei ze.

Ik sleepte haar naar de rand van de gracht. Mijn baas riep niet meer, hij probeerde niet meer te zwemmen. Hij dobberde rustig rond, zijn handen omklemden het stuk hout. Ik blafte. Hij herkende mij en riep nog één keer, met de laatste krachten die in hem waren: 'Help!'

De vrouw naast me begon te bidden, niet het verstandigste wat je in zo'n situatie kunt doen lijkt me. Dat bedacht ze gelukkig zelf ook snel. Ze keek om zich heen, legde de stapel *Strijdkreten* op de grond, schopte haar schoenen uit en sprong zonder aarzelen in de gracht. Ze zwom naar mijn baas toe, pakte zijn schouders vast en begon ruggelings naar de kant te zwemmen. Ze kwam nauwelijks vooruit. Wanhopig begon ze te roepen, maar ik was de enige die haar hoorde.

Toen zag ik de paal liggen. Het was een lange houten paal. Ik sleepte hem naar de rand, stak het ene uiteinde in mijn bek en liet het andere in het water glijden. De vrouw hoorde de plons, keek om en begreep onmiddellijk mijn opzet. Ze draaide mijn baas een halve slag, trok het stuk hout dat hij nog steeds vast had uit zijn handen en bracht zijn handen naar de paal.

'Hou vast, hou goed vast,' riep ze.

Ze pakte zijn schouders vast en duwde terwijl ik trok.

Heel, heel langzaam naderden ze de kant. Hoe lang het geduurd heeft weet ik niet. Er waren momenten dat ik dacht dat mijn tanden zouden breken. Ik voelde alle krachten die ik als geleidehond normaal gesproken nooit zou hoeven gebruiken, maar die diep verscholen liggen in het binnenste van de Ottomaanse herder, naar boven komen.

Met een kreet van blijdschap bereikte de vrouw de wal. Moeizaam klom ze aan land. Samen trokken we mijn baas op het droge. Hij was niet meer in staat overeind te komen. We legden hem op zijn rug. De vrouw knoopte zijn jas los. Hij begon te rochelen, afschuwelijk te hoesten. De vrouw pakte hem bij zijn schouders en trok hem overeind tot zit. Hij braakte liters water uit. Toen viel hij achterover op de harde, koude stenen. Bewegingloos, met zijn benen opgetrokken lag hij op zijn rug. Alle kleur was uit zijn gezicht en handen weggetrokken. Ik ging naast hem op de grond zitten.

'Bel onmiddellijk een ambulance,' riep de vrouw, 'onmiddellijk, snel.'

In de verte hoorde ik iemand telefoneren. Hij was dood en dat was mijn schuld. Ik had hem voor zijn misstap moeten behoeden. Ik had als geleidehond gefaald. Mijn carrière was ten einde, en terecht. Morgen zou ik teruggestuurd worden naar de opleiding. Daar zou ik met hoongelach worden ontvangen. In het gunstigste geval zou ik nog kunnen worden omgeschoold tot hulphond voor een autistisch kind, maar zelfs dat achtte ik op dat moment niet waarschijnlijk. Misschien zou ik worden teruggestuurd naar de godvrezende Barneveldjes te Stroe en daar voor straf mijn hele verdere leven moeten blijven, mijn dagen slijtend met gebed en verplicht luisteren naar orgelmuziek.

Maar opeens kuchte, rochelde hij en probeerde rechtop te gaan zitten. Hij viel weer achterover maar ik kon
hem nog net tegenhouden voordat zijn hoofd op de stenen smakte. Ik duwde hem omhoog en zette mijn rug tegen de zijne. Hij zat nu rechtop. Hij kotste de nog geen
drie uur geleden genuttigde dagschotel uit. Gebakken
schol met friet en wortelsalade. Goed voor mijn ogen,
had hij gezegd. In de verte hoorde ik de drietonige sirene van een ambulance naderen.

'Ik wil naar huis,' mompelde mijn baas, 'naar huis,
voor altijd naar huis.'

Hij hing slap tegen me aan, het water droop uit zijn
tas. Ik bad dat hulp op tijd zou komen, echt, ik bad! Niet
tot God, tot de ambulancebroeders, maar toch, ik bad.
Met krijsende banden stopte de ziekenwagen vlak achter
ons op de rijweg. De broeders sprongen eruit, grepen
een brancard die in het achterste gedeelte van de wagen
stond en renden naar ons toe.

'Effe aan de kant, sint-bernard,' zei de ene broeder,
terwijl de andere met zijn voet een schoppende beweging in mijn richting maakte.

'Niet doen,' riep de vrouw, 'hij heeft hem gered, en
mij ook.'

'Hij zit in de weg, hij hindert de hulpdiensten. Vort,
Bello!'

Ik stond langzaam op, mijn baas gleed op de grond.
De broeders legden hem voorzichtig op de brancard.
Snel droegen ze hem de ambulance in en begonnen hem
daar te behandelen. Ik hoorde gestommel en bezorgd
gemompel. Toen riep hij opeens helder mijn naam.

'Perkins, waar ben je, Perkins?'

Ik liep naar de ambulance, de vrouw liep voor me uit. Ik blafte.

'Ik hoor hem,' zei mijn baas, 'ik hoor hem. Hij moet mee.'

'Geleidehonden mogen niet mee, we zijn geen dierenambulance,' zei een van de broeders.

'Ik neem hem wel mee,' zei de vrouw, 'bij mij is Perkins in goede handen.'

De deuren gingen dicht en de ziekenwagen reed met gillende sirene door de verlaten stad weg.

'Zo, Perkins, kom maar mee, je mag bij mij slapen,' zei de vrouw. Ze nam me mee naar een gebouw waar het warm was en waar veel luidruchtige mensen waren.

'Hé, een dakloze hond, sinds wanneer vangen jullie die ook op? En wat is er met jou gebeurd Majoor, je ziet eruit als een verzopen kat,' zei een opgewekte, smoezelig uitziende man zonder tanden.

'Deze hond,' zei de vrouw die Majoor werd genoemd, 'heeft zijn baas en mij uit de gracht gered. Ik ga even douchen en schone kleren aantrekken, pas goed op hem, hij is door God gezonden.'

Ze ging weg en ik kreeg worst van de mensen en water en brood en alles wat ik anders niet mag eten. Ze waren aardig, hartelijk en wilden allemaal met me spelen. De vrouw kwam terug om tegen de mannen te zeggen dat het bedtijd was.

'Ja,' zeiden ze, 'we gaan.'

Ze stonden gehoorzaam op en verlieten de kamer. De Majoor nam me mee naar haar kamer en legde een kleedje voor haar bed neer waarop ik ging liggen. Ze praatte nog lang tegen me. Ze huilde van geluk, omdat ik zo dapper was geweest.

'Het komt weer goed met je baas,' zei ze, 'dat wil God, en als God het wil, gebeurt het.'

Ik sliep niet die nacht. Ik maakte me grote zorgen. Die God vertrouwde ik niet helemaal. Ik maakte mezelf verwijten. Een stomme hond was ik, een pokkenhond, die het ras te schande had gemaakt. De vrouw snurkte. Ik had nog nooit een mens horen snurken. Een hond wel, dat is een aangenaam, zacht, gezellig geluid. Het klinkt naar slaap en mooie dromen. De mensensnurk klinkt naar hout. Bovendien had ze een klok in haar kamer die hard tikte en een koekoek nadeed. Naarmate de morgen naderde deed hij dat steeds vaker. Ze sliep er dwars doorheen.

Er zat mij een drol dwars. Ik was in alle consternatie van de vorige avond vergeten te poepen. Heel zachtjes stond ik op. Ik liep naar de deur, legde mijn poot op de deurkruk en duwde. Hij gaf niet mee. Er zat niets anders op dan te hopen dat de morgen snel zou komen. Ik ging weer op mijn kleedje liggen en probeerde mezelf in slaap te denken door een kudde schapen te verzinnen. Ik moest ze bij elkaar houden. Ik telde en telde, dommelde in en schrok dan weer wakker omdat ik de tel was kwijtgeraakt.

De koekoek koekoekte heel langzaam de nacht om. Heel even viel ik in slaap. Ik droomde van een groot bos waar mijn baas bezig was een boom om te zagen. Vlak voordat ik wakker werd viel de boom om, ik probeerde hem met mijn bek bij zijn broek te pakken en weg te trekken. Er was geen beweging in hem te krijgen. De boom begon te vallen en toen werd ik wakker van de vrouw die naast me op de grond was komen zitten. Ze zat op haar knieën te bidden. Maar het was een ander soort bidden dan bij de Barneveldjes. Er zat kracht in, heel veel kracht, en een soort opgewektheid die gemeend was, geen opgewektheid die moest van God. Het duurde ook niet zo lang. Het ontroerde me, zoals ze daar in haar kamerjas zat met haar ogen gesloten, haar handen gevouwen op mijn rug.

Nadat ze zich had aangekleed liet ze me uit. Ik mocht op de stoep poepen, zij ruimde keurig mijn drol op.

We gingen weer naar de aardige mannen van gisteravond. Ze zaten te ontbijten en te roken.

'Hé, lekker geslapen, ouwe mensenredder. Hier, pak an.'

De man zonder tanden gooide een broodje naar me toe, dat ik in mijn bek opving. Er zat worst op, vette worst die ik nog nooit had gegeten.

Deze mannen waren heel anders dan de meeste mensen die ik kende. Alsof ze dichter bij de honden stonden, zo leek het wel. Ze straalden iets uit van, ja, hoe zal ik dat zeggen, puurheid, van rauwheid, het waren echte mensen. Ze roken niet naar zeep en geurwatertjes zoals de meeste mensen. Ze waren aardig voor elkaar, ze waren solidair met elkaar, zo noemen de mensen dat. Wij hebben daar geen woord voor.

'Jongens,' zei de vrouw, 'ik ga Perkins' baas uit het ziekenhuis halen, ik ben net gebeld, het gaat weer goed met hem. Houden jullie Perkins even bezig?'

'Ja hoor,' zeiden ze, 'dan hoeven we tenminste de straat nog niet op.'

Toen de vrouw weg was, veranderde opeens de stemming. Er werd druk gefluisterd en de mannen begonnen dingetjes uit te wisselen.

'Hier,' riep er een, 'eet dit maar eens op, dat is goed voor je.'

67

Hij gooide een dingetje naar mijn kop. Het viel vlak voor me op de grond. Een bolletje was het, het sprong open. Er kwam wit poeder uit.

'Hé, godverdomme, wat doe je nou, sukkel?' riep een man met een schorre, lelijke stem.

'Niet vloeken bij het Leger,' zei de enige vrouw in het gezelschap.

'Maar hij gooit voor duizend euro naar die takkenhond.'

Ik snoof aan het poeder. Het rook raar, ik werd onmiddellijk heel licht in mijn hoofd. De mannen lachten.

'Hij leert snel,' hoorde ik ze zeggen, 'ik zie die gabber over een uur al een lijntje trekken.'

'Ja, en morgen verkoopt hij de daklozenkrant, en overmorgen is hij zelf dealer, en over een week zien we hem hier weer, dan is ie blut. En over een maand heb ie geen tanden meer.'

Ik snoof nog een keer. De moeheid, die tot in het diepst van mijn botten had gezeten, smolt weg als sneeuw voor Simona Limoncelli. Iemand griste het bolletje voor mijn neus vandaan.

De mannen waren nu niet aardig meer, en zeker niet solidair. Rauw wel, en puur. Ze begonnen te schreeuwen en ruzie te maken. Toen er een de deur uitgezet werd glipte ik het gebouw uit. Ik ging op de stoep zitten wachten op de vrouw en mijn baas, maar dat hield ik niet lang uit. Alles in mij wilde bewegen, rennen, springen, vliegen, vallen, opstaan en weer doorgaan. Ik was zo hondenblij als ik nog nooit geweest was. Ik zou ze een stukje tegemoet kunnen rennen, ja, waarom ook niet. Er reed net een ambulance voorbij, met sirene en zwaailicht, het enige wat ik hoefde te doen was hem volgen.

Ik zette het op een lopen, achter de ziekenwagen aan. O, zo heerlijk, hoe de wind langs mijn oren suisde, hoe ik zwom door de zee van zon die fel de straat bescheen. Overal was muziek. Muziek van de sirene, muziek uit de openstaande raampjes van voorbijrazende auto's, muziek van opgewonden stemmen van mensen die ons nastaarden. Muziek van de bellen van de trams, van de bellen van de kerken, van de imam die opriep tot gebed. De hele stad was van muziek. Wij denderden langs grachten, vlogen over bruggen, duizelden over rotondes. Rode stoplichten waren voor ons niet rood. We moesten wel stoppen voor een spoorwegovergang, zolang de bomen dicht zijn mag je daar nooit, dat was mij op school geleerd, nooit ofte nimmer, overheen. Er donderde een lange trein voorbij waarop glimmende auto's stonden. Eindelijk gingen de bomen weer omhoog en ik rende verder, nog verder, het was alsof ik droomde, zo heerlijk en licht roffelden mijn poten op het asfalt.

De ambulance zette de eindsprint in, we draaiden een laatste bocht en daar lag het ziekenhuis voor ons. We kwamen tot stilstand bij een grote deur. Razendsnel openden de broeders de schuifdeur van de wagen en tilden de brancard naar buiten. Ze droegen hem door de grote deur het ziekenhuis in. De grote deur ging dicht. Trillend over mijn hele lijf en hijgend zoals ik nooit had gehijgd zette ik mij neer naast de ambulance. De grote deur ging weer open en daar stond de vrouw, arm in arm met mijn baas. Ze knipperde met haar ogen tegen het felle zonlicht, zag mij en gilde het uit.

'Een wonder, nog een wonder.'

'Wat nou weer,' zei mijn baas.

'Daar staat Perkins, hij staat ons op te wachten!'

Hij kon het niet geloven. Ze bracht hem naar mij toe. Hij aaide mij, ik duwde mijn snuit in zijn hand, gaf hem een poot en zei sorry. Hij barstte in huilen uit. We waren weer herenigd en ik had een ongelofelijke dorst en was moe, wat voor een Ottomaanse herder heel bijzonder is. Hoewel hij heel blij was mij te zien, heeft hij vanaf die dag nooit meer zo onbevangen met mij over straat gelopen. Langzaam is de zure woede in hem geslopen.

'Terroristen,' zei Suzanne, het was koud geworden op het terras en Blista snurkte licht, 'terroristen voelen zich net als jij slachtoffer, en dat maakt ze tot dader. Ze doden mensen en blazen gebouwen op omdat ze geloven in hun onwrikbare fundamentalistische waarheid. Terwijl de waarheid niet bestaat. Er zijn zoveel waarheden als er mensen zijn. Natuurlijk wil je dat jouw waarheid superieur is, daar vecht je voor, dat is menselijk. Maar als jouw waarheid is dat andere waarheden niet mogen bestaan dan moet je iets aan jezelf veranderen.'

'Dus,' zei mijn baas, 'je vergelijkt mij met een fundamentalistische terrorist.'

Hij zei het geamuseerd.

'Jajaja,' lachte Suzanne, 'de blinde fanaticus met zijn bomhond. Het zou een goede dekmantel kunnen zijn, blindheid. Vorige week is er in Pakistan iemand gearresteerd die in een rolstoelbom zat. Dus de gehandicapten als wapen raken in zwang. Daar moeten wij als AIVD zeker op bedacht zijn. Eerder waren ze al ontdekt door de drugsmaffia, in Miami hebben ze iemand met een waterhoofd opgepakt dat vol met cocaïne zat, ja, ze zijn keihard, zo is de wereld nou eenmaal. Wij zijn ervoor om hem wat zachter te maken. Nee, Sikko, ik vergelijk jou niet met een terrorist. Ik heb het over waarheden. Net wat ik zeg, zoveel mensen, zoveel waarheden.'

'Ja,' zei mijn baas, 'maar dat is jouw waarheid, dat hoeft nog niet de mijne te zijn.'

71

'Jij bent scherp. Dat is waar, althans volgens mij, maar je kunt voor de waarheid, denk ik, een aantal algemene criteria opstellen die gelden voor alle waarheden. Die ontstijgen als het ware de individuele waarheden.'

'Daar heb jij dan weer gelijk in,' zei mijn baas.

Ze lachten.

'Ach,' zei hij, 'weet je wat het is, ik heb niet zo'n hoge pet op van de mensheid.'

Mijn baas is een overtuigd Prewatalist. De Prewatalisten, zo genoemd naar de blinde, in Berlijn woonachtige Letse filosoof Yvo Prewatalis, geloven dat de mensheid altijd tot het slechte geneigd is. Prewatalis onderscheidt twee menstypen. Cynici en zienici. De zienici, zij die zien, hebben de macht. Maar wat zien ze? Niets, ze kijken, en dat is heel wat anders dan zien. De cynici zien echt, maar die worden door de zienici niet gezien omdat de cynici dingen zien die de zienici niet willen zien.

'Je moet eens wat lezen van Prewatalis,' zei mijn baas. 'Daar staat alles in. Zijn *Unvernunft der Modernen Sehenden*, helaas in Nederland alleen in het Duits verkrijgbaar, dat is het beste boek dat ik ken.'

'Ja, die man is nogal in opkomst, hè? Ik zag een bespreking van dat boek. De recensenten lopen met hem weg. Het is mij veel te zwartgallig. Maar wat vind jij er zo aardig aan?'

'Nou, kijk. Het is een beschouwelijke en toch praktisch werkbare stroming in de filosofie. Als je dingen beschouwt, trek je conclusies, die zij, de zienici, niet willen horen, omdat zij liever niet beschouwen. Cynisme is mislukte hoop, hoorde ik ooit iemand zeggen, een zienicus natuurlijk, want er klopt geen zak van. Hoop kan niet mislukken, hoop is er, of is er niet, zoals regen. Als de zon schijnt zeg je toch ook niet: zon is mislukte regen.

Ik heb geen hoop, althans, net als Prewatalis niet in de grote dingen des levens, laat ik daar maar eerlijk in zijn. Dat geeft niet, bijna niemand heeft hoop, alleen de meeste mensen doen alsof. Waar zou ik nou op moeten hopen? Dat het beter wordt? Niets wordt ooit beter, met zoveel zienici om je heen, dat heeft de hele geschiedenis van de mensheid wel bewezen.

Soms komt er in een of ander land een nieuwe president aan de macht. Een man van het volk, kraaien de kranten dan. Hij zal nu voor eens en voor altijd een eind maken aan het door en door rotte, tot op het bot gecorrumpeerde systeem. Na een halfjaar verschijnen de eerste arme demonstranten alweer in de straten. Hij zou het beter maken, schreeuwen ze, en er is nog steeds niets veranderd. Na een jaar schreeuwen de woedende volksmassa's dat hij onmiddellijk moet aftreden, en zo niet, dan zullen ze hem eigenhandig de strot afsnijden. Zo is het niet één keer, maar wel duizend keer gegaan, en zo zal het blijven gaan, zolang er zienici zijn.

De mens is van nature een ontevreden stuk chagrijn, dat alles kapotmaakt om er zelf beter van te worden. Hij kan geen hoger doel in het leven bedenken dan zelf beter worden, opklimmen op de rotte en vermolmde maatschappelijke ladder. En als hij door een sport van de ladder zakt, klappen, lachen en juichen de mensen die op de grond staan toe te kijken. Ze schuiven zijn lijk opzij, en beginnen zelf te klimmen. Ook de meesten van hen vallen, de ladder is te vol en te gammel, want niemand komt ooit op het idee hem te verbreden en te verster-

73

ken. De zogenaamde bestuurders zitten hoog en droog op het terras, waar de ladder op uitkomt. Zij hebben geen belang bij een betere, bredere ladder dus ze laten ze vallen, altijd weer. Zo zit de mensheid in elkaar. En of hij nou het systeem van het communisme, het kapitalisme of het fascisme aanhangt, het maakt geen flikker uit. Het gaat overal en altijd hetzelfde, in het ritme van zonsopkomst en -ondergang.'

Suzanne zuchtte. 'Wat heb je nou aan zo'n filosofie. Waarom heb je geen hoop? Hoop is volgens mij het enige dat je kunt hebben in het leven. Zonder hoop is er zelfs geen leven. Als ik ga slapen hoop ik dat ik weer wakker word. Als ik uitadem, hoop ik dat ik daarna weer inadem. Als ik mijn hart voel slaan, hoop ik dat er nog een slag zal volgen, en nog een en nog een.'

'Ja,' zei mijn baas, 'dat soort hoop heb ik ook wel, maar de grote hoop, daar gaat het Prewatalis om. Het gaat hem om de zienici, oftewel de zienden, die als kippen zonder kop hun ogen achternalopen. Ze kunnen namelijk wel zien, maar niet vooruitzien en ook niet goed om zich heen kijken. Soms lijkt het wel of ze de hele dag door een rietje naar de wereld kijken. Ze hebben een uitzicht, hoe beperkt ook, maar geen inzicht.

Wat ze zoeken zit in hun hoofd, maar dat zien ze niet. Rust is niet te bereiken met je ogen. Soms denken ze dat ze het gevonden hebben. Dan kijken ze uit vanaf een berg over weidse landschappen en zien ze in de verte een roofvogel, en in plaats van te blijven kijken pakken ze een boekje met plaatjes van vogels, met daaronder de namen, want ze willen weten hoe die vogel heet. Alsof die daardoor mooier zou worden. Hij staat niet in het boekje. Jammer, zou ik denken, maar de zienden geven

74

het nog niet op. Ze lopen naar binnen, want ze hebben nog een boekje, waar meer vogels in staan. En als ze dat gevonden hebben, is de vogel inmiddels gevlogen. Op goed geluk kiezen ze een vogel die lijkt op die ze zich herinneren. Ze zullen altijd blijven twijfelen of hij echt zo heet als in het boekje staat.

Even later zien ze op een tegenoverliggende berg een brandweerauto omhoog kruipen. Ze kijken naar de lucht, er is brand, ergens in de verte, maar waar? Alsof ze gelukkiger zullen zijn als ze weten wat er in de fik staat. Ze zetten de televisie aan, om te kijken of de lokale zender melding maakt van de brand. Alle rust is verdwenen. Misschien rukte de brandweer wel uit omdat er een kat met hoogtevrees de berg beklommen had, en niet meer naar beneden durfde, of omdat bij een dementerende meneer de vlam in de pan was geslagen, omdat hij vergeten was dat hij een braadworst aan het braden was. Ze zetten de televisie uit en gaan weer zitten staren naar de tegenoverliggende berg.

'Ik zie niks,' zeggen ze tegen elkaar. Eindelijk spreken ze, zonder dat ze het zelf weten, de waarheid. Daarna gaan ze barbecuen. Ze maken zo veel rook dat de brandweer met gillende sirenes komt aanrijden. De brandweermannen zijn aardig, ze vinden het niet erg dat ze voor niets zijn uitgerukt. Ze eten een spiesje mee. Ze vertellen dat ze net nog op de berg tegenover deze waren omdat de skilift vast was blijven zitten. De zienden halen opgelucht adem, eindelijk weten ze wat er aan de hand was. Ze hadden die lift vast kunnen zien zitten, maar ze keken door een rietje naar een brand die er niet was.

De brandweermannen drinken al het bier op, want

zo zijn brandweermannen. Ze nemen lachend afscheid. De zienici zijn boos, omdat hun bier op is. Ze gaan binnen zitten mokken met een wijntje dat ze niet smaakt, en dat terwijl het etiket er zo ontzettend mooi uitzag. En de fles had ook zo'n grappige vorm, de hals was lichtgebogen. Dat maakt voor de smaak natuurlijk niks uit. Ze hebben vaak geen idee wat ze precies kopen, ze laten zich leiden door doortrapte makers van leuke verpakkingen. Gevolg daarvan is dat ze genoegen nemen met veel te weinig, soms lijkt het wel alsof alles tegenvalt, in de wereld van de zienden, omdat de vorm bepaalt hoe ze leven, en niet de inhoud.'

Suzanne was lang stil.

'Ben je er nog?' vroeg mijn baas.

'Jaja, ik loop niet zomaar weg. Ik zat erover na te denken.'

Dat deed ik ook. Ik had de naam Prewatalis vaak horen vallen, en wist dat ook hij werd bestuurd door een Ottomaanse herder, maar de inhoud van zijn geschriften was mij onbekend. Mijn baas was in zijn vrije tijd bezig *Die Unvernunft der Modernen Sehenden* in het Nederlands te vertalen. Wat ik te horen kreeg van Prewatalis' werk waren tekstflarden uitgesproken door de computer van mijn baas.

'Eigenlijk,' zei Suzanne, 'heb ik wel honger. Wat zit er in dat zakje dat bij je voeten staat?'

'Lekkerbekjes, maar die zijn niet lekker meer.'

'Nou, laten we ze proberen, zoiets moet je nooit vooraf al besluiten.'

Ze pakte het zakje van onder de tafel vandaan en bevrijdde de koudgeworden vis uit het papier. Mijn baas keek bedenkelijk, iemand ging zomaar met zijn lekkerbekjes aan de haal. Ze nam een hap.

'Jawel, ze zijn nog prima. Hier!' ze schoof het andere lekkerbekje naar hem toe. 'Maar die Prewatalis van jou doet eigenlijk precies wat hij de zienden verwijt. Hij stelt de blinden boven de zienden.'

'Ja,' zei hij met zijn mond vol lekkerbek, 'dat doet hij. Maar dat is pure provocatie. Hij wil de zienici een spiegel voorhouden waarin ze niet alleen naar zichzelf kijken, maar waar ze ook zichzelf in zien. Ik ben nu bezig een passage te vertalen uit *Die Unvernunft* over discriminatie naar huidskleur.

Je hebt bijvoorbeeld, zegt Prewatalis, blanken. Die vinden zichzelf nogal superieur, omdat ze 's morgens in de spiegel kijken en zien dat ze blank zijn, en dan bij zichzelf denken: jezus, wat ben ik goed. Wat ben ik een überblanke. Waar ze het vandaan hebben? Geen idee. Misschien komt het omdat James Watt, de uitvinder van de elektrische verlichting, ook zo'n blanke was. Die Watt had namelijk bedacht dat als je een elektrische spanning door een draadje laat lopen – die spanning was al uitgevonden, door een andere blanke, meneer Stroom – als je dat dus doet, dat dat licht geeft. Nou, en dan doe je zo'n draadje, dat overigens wel van een zeer hittebestendig metaal moet zijn, wolfram bijvoorbeeld, dan doe je zo'n draadje in een glazen peertje, je stopt dat peertje in een kartonnen doosje en je legt het in de supermarkt, en klaar is Watt. Vervolgens laat je een andere blanke een kap voor om het peertje heen ontwerpen, en ziedaar, de lamp is geboren.

Die blanken, zegt Prewatalis, denken dus dat mensen die een andere kleur hebben minder zijn. Toen hij dat voor het eerst hoorde deed hij het bijna in zijn broek van het lachen. Hoe is het mogelijk. Misschien bewijzen ze daar wel mee dat zij zelf minder zijn, omdat ze zulke dingen denken.

Maar, die zwarten en zo en die Chinezen die gaan ook niet helemaal vrijuit, want die vinden blanken weer minder, maar volgens Prewatalis zijn de blanken begonnen, omdat zij de verlichting hebben uitgevonden. Ze zijn ontzettend blij met die uitvinding. Ze hebben zelfs hun snelwegen voorzien van lampen. Lullig voor de dieren, want die willen dat niet. Die doen tenminste nog normaal. Die zijn wakker als het licht is en als het donker is slapen ze. Dat gaat dus nu niet meer, omdat die stomme zienden met hun auto's, waar overigens al heel veel lampen op zitten, over die verlichte snelwegen moeten rijden.

Als je wat te rijden hebt, zegt Prewatalis, en daar ben ik het volkomen mee eens, doe dat overdag, maar naar ons wordt niet geluisterd. Naar de dieren ook niet, dat is eigenlijk raar, want dieren kunnen ook zien. De zienden zouden solidair met de dieren moeten zijn. Maar ze zijn er bang voor, en daarom terroriseren ze ze, met licht.

Licht is beschaving, zeggen ze altijd en daarom moet het tot in de verste hoeken schijnen, opdat alles zichtbaar gemaakt wordt en opgehelderd, of zoiets. Dus donker dat is onbeschaafd, vandaar dat ze zwarte mensen minder vinden en hen eeuwenlang voor zich hebben laten werken.'

Ik knikte instemmend. Suzanne zag het.

'Nou, Perkins is het er in ieder geval helemaal mee eens.'

Het was precies, maar dan ook precies mijn manier van tegen het mensdom aankijken. Sterker nog, Prewatalis had dit allemaal niet zelf bedacht. Alles wat mijn baas citeerde was rechtstreeks afkomstig uit de Ottomaanse hondenleer, een oraal overgeleverd filosofisch denkraam dat door elke nieuwe generatie aangevuld wordt en dat bij iedere Ottomaanse herder bekend is. Het enige wat Prewatalis gedaan had was de woorden 'honden' en 'mensen' vervangen door 'cynici' en 'zienici'.

Het kon dus niet anders dan dat Prewatalis de taal van blaf en jank van zijn hond begreep. Prewatalis was net zo'n slecht mens als al die zienden op wie hij zo neerkeek. Hij vergaarde roem en fortuin over de rug van zijn hond. Echt schokkend vond ik dit niet, het is gedrag dat de mens eigen is, gedrag waar de hele Ottomaanse hondenleer over handelt, maar dat een blinde daartoe in staat was, dat verbaasde me en stelde me teleur. En wat had de hond bezield om ons hele denkraam aan zijn baas te dicteren?

'Je zei,' zei Suzanne, 'dat die leer van Prewatalis praktisch uitvoerbaar is. Maar dat is ie toch helemaal niet. Het is een alibi om lekker niks te doen.'

Deze vrouw was de slimste mens die ik ooit ben tegengekomen. Natuurlijk is de leer een alibi, het is niet voor niets een hondenleer. Honden hoeven niet veel bij te dragen aan de maatschappij. Van mensen wordt veel meer gevraagd, die kunnen met dit denkraam niet uit de voeten.

'Het is een spiegel,' zei mijn baas licht geïrriteerd, 'het is een spel met waarheden.'

'Het is zo makkelijk om zo te denken,' zei Suzanne. 'Die Prewatalis heeft de zienden wel nodig, vergeet dat niet. Dat hij nu zulke goede recensies krijgt, dat heeft hij aan de zienden te danken. Hij verwart de zienden met het mensdom in het algemeen.'

Juist, ze had het weer bij het rechte eind, wat een heldere geest had ze. Onder haar bezielende coördinatie zouden terroristen in Nederland weinig kans meer maken. Ze konden beter allemaal inpakken en wegwezen of gewoon in nieuwbouwwijken gaan wonen en elke dag aanschuiven in de lange rij blikken wagens net als alle andere Nederlanders.

'Heeft die man ook een hond?' vroeg Suzanne.

'Ja, een Ottomaanse herder, net als ik.'

'Is Perkins een Ottomaanse herder? Die heb ik nou nog nooit in het echt gezien, maar nu dus wel. Leuk zeg, ik heb er veel over gehoord. Is het echt waar dat Amerika is ontdekt door een Ottomaanse herder?'

'Ja, zeker,' zei mijn baas. 'Het was niet Columbus, ook niet Amerigo Vespucci, naar wie Amerika genoemd is, maar Amerigo's Ottomaanse herder. Hij blafte toen hij land zag. Columbus zei nog tegen de bemanning, die hond is gek, dat kan niet, er is hier helemaal geen land. Maar hij bleef maar blaffen en jawel hoor, daar lag Amerika. Had ie maar nooit geblaft, dat zou de Indianen veel ellende bespaard hebben.

Ik vind Amerika veruit het belachelijkste land ter wereld, net als Prewatalis overigens. Hij zegt erover: Amerika is ontdekt door zienden die verdwaald waren. Die dachten weer eens een kortere weg te weten, naar Indië, in dit geval. En als ze nou nog de beschaving hadden gehad dat land gewoon te laten liggen, nee, ze lijfden het in. Ze doodden de Indianen, die woonden daar eigenlijk. Die liepen met veren op hun kop en schoten pijlen af op de indringers. Wat zou jij doen als er plotseling een stelletje halve gare verdwaalde Europeanen voor je neus stond?

Toen al die Indianen dood waren bedachten ze dat het wel handig was, zo'n nieuw ver land. Daar kon je Europese zienden die in het donker hadden verkracht en gemoord heen sturen. Dat ruimde lekker op. Nazaten van die criminelen bevolken nu Noord-Amerika. Die geloven dat iedereen alles moet kunnen. Geen wonder, met zo'n verleden. Hun gedachtewereld draait om geld en macht, en olie. Wat water is voor de Europese zienden, is olie voor de Amerikanen. Maar ook zij zijn nergens zonder licht. Ze hebben exclusieve wapens uitgevonden, premiumatoombommen, en ziektegranaten met special effects. Ze kunnen nu de aarde wel dertig keer vernietigen, en daar zijn ze trots op. Ze overdrijven graag, één keer lijkt me meer dan genoeg. Ze doen daar ook nog aan de doodstraf, er wonen tenslotte veel misdadigers. Soms veroordelen ze die mensen tot vijfmaal de doodstraf, zo bang zijn ze voor ze.

Ze voeren graag oorlog, dat is stoer, en dan kunnen ze al die nieuwe wapens uitproberen. Het zijn net kleine kinderen. Het is alleen zo jammer dat hun speelgoed dood en verderf zaait. Ze doen het allemaal uit naam van God. God hebben ze bedacht omdat ze hun gedrag anders niet kunnen verantwoorden. Want ze kennen wel zoiets als een geweten, maar daar willen ze niets van weten, omdat het hen dwingt tot nadenken, vandaar die God.'

'Het lijkt wel een pamflet dat je citeert,' zei Suzanne.

'Dat is het ook. Prewatalis heeft *Die Unvernunft* aan de deur gespijkerd van het hoofdkantoor van Hans Anders in Wittenberg.'

Ze lachte.

'Hij is toch wel een grappige man.'

'Een grappige man? Hij is een held!'

'Jammer dat hij zo cynisch is. Weet je trouwens dat Blista een kruising is van een Ottomaanse herder en een labrador? Ze had ook geleidehond moeten worden, maar daar had ze het karakter niet voor. Ze was en is nog steeds te ondeugend. Ze is na vier maanden van school gestuurd, geschorst voor het leven. Toch heeft ze wel een aantal dingen onthouden. Als ik ga koken en met pannen begin te rammelen gaat ze keurig in haar mand liggen. Doet Perkins dat ook?'

'Ja, ik hoef alleen maar naar de keuken te lopen en de elektrische frituurpan aan te zetten of hij gaat al in zijn mand, tenzij hij weet, en dat weet hij altijd, dat hij eten krijgt. Soms is het net of hij mij verstaat. Ik bedoel, of hij alles wat ik zeg verstaat, niet alleen de commando's.'

'Dat is een reden temeer om hem nooit meer uit te schelden.'

'Nee, je hebt gelijk, ik zal het nooit meer doen.'

Hun handen lagen nog steeds in elkaar. Ze zwegen een tijd en toen zei hij: 'Het is toch heel bijzonder dat wij hier zitten.' Dat was het zeker. We waren de enigen in de hele winkelstraat.

'Mag ik je eens bellen?' vroeg ze.

'Mij, mij bellen? Ja, maar waarom dan?'

'Omdat ik, nou, ik wil misschien nog wel eens iets meer van die Prewatalis weten, en mijn Duits is niet zo goed.'

Prewatalis, ik begon nu al een hekel te krijgen aan die naam. Ik voelde bij het horen van die naam iets dat ik vrijwel nooit voel: woede.

Ik ben niet vaak boos. Woede is zo'n mensenemotie waar ik verre van wil blijven. Ik ben wel eens agressief geweest en heb wel eens honden en mensen gebeten, natuurlijk, maar dat deed ik uit lijfsbehoud of om iemand te beschermen.

De eerste keer dat ik iemand beet was halverwege mijn jaar bij de Barneveldjes uit Stroe. Ik was met de kinderen meegegaan naar de School met de Bijbel. Je moet als hond tenslotte, voordat je de taak waarvoor je bestemd bent gaat uitvoeren, kennismaken met de grootste extremen die de maatschappij kent. Het was zo'n dag als alle andere op die school, ik sliep, er viel daar niet veel anders te doen. Om kwart over drie 's middags vond God het welletjes en Hij stuurde de kinderen naar huis.

De School met de Bijbel lag aan een mooie laan met bomen. Daar was het vredig en stil, zo moet het in de Hof van Eden geweest zijn. Maar zodra je aan het einde van de laan de hoek omsloeg, kwam je in een oude, verpauperde buurt terecht. Op die hoek stonden vaak kinderen van de School zonder de Bijbel. Ze hadden maar één bedoeling, vechten. Meestal als de kinderen de goddeloze vechtjassen zagen, keerden ze om en liepen de andere kant de laan uit. Ze moesten dan een omweg van drie kwartier maken om thuis te komen, maar dat hadden ze er graag voor over.

Op de dag van het bijten ging het anders. Ik voelde me suf na zo lang in het stof, waartoe iedereen wederkeert, op de grond van het klaslokaal te hebben gelegen. Ik had zin in iets spannends, iets dat mijn leven een beetje vaart zou kunnen geven, iets dat het hart sneller zou doen slaan en mijn bloed in een hoger tempo door mijn aderen zou doen stromen.

De goddelozen stonden klaar, de Barneveldjes hielden de pas in, maar ik ging voor ze lopen. Als wij hier langs willen, dan gaan wij hier langs, dacht ik, geen laf getreuzel vandaag, wij hebben het recht hier te lopen. De kinderen liepen aarzelend achter mij aan. De goddelozen hadden niet op mij gerekend. Bang sprongen ze aan de kant toen wij naderden. De kinderen achter mij juichten, maar te vroeg. Toen we halverwege de straat waren gooide een goddeloze vuurwerk naar mijn kop. Het ging vlak bij mijn oor af. Het gaf een knal die harder was dan welke klap onweer die ik ooit gehoord had. Ik ben er maandenlang doof van geweest.

Een moment was ik afgeleid van mijn taak. Op dat ogenblik sloegen de goddelozen toe. De arme Barneveldjes werden geschopt en geslagen, maar niet lang. Ik blafte de Ottomaanse blaf, dat hielp. Alle goddelozen kozen het hazenpad. Een slungelige jongen echter bleef de oudste Barneveld, Tsjobbe genaamd, ervan langs geven. Ik sprong op hem af en beet hem in zijn been. Ik beet niet hard, ik ken de kracht van de Ottomaanse kaken, maar wel hard genoeg om hem het uit te laten schreeuwen van pijn. Vanaf die dag hadden wij een vrije doortocht door de verpauperde buurt. Op onze nadering verdwenen de mensen in hun huizen en werden ramen en deuren gesloten.

De tweede keer dat ik iemand beet kostte het mij bijna mijn baan als geleidehond, zo niet mijn leven. Ik stond met mijn baas voor een stoplicht te wachten dat niet uitgerust was met tikkers die hem vertelden wanneer het groen was. Een opgeschoten jongen die met een paar vrienden kwam aangesloft riep tegen mijn baas: 'Ja, blinde, het is groen, je kan!'

Mijn baas begon te lopen. Ik hield hem tegen maar hij zette door. Er kwam net een vrachtwagen aan die onmogelijk voor ons had kunnen stoppen. Mijn baas sleepte mij de weg op, ik kon maar één ding doen om te voorkomen dat hij en ik verpletterd zouden worden, ik beet de opgeschoten jongen. Hij gilde, veel te hard voor de beet. Zijn vrienden barstten in lachen uit. De vrachtwagen passeerde ons op twintig centimeter, de windvlaag die zijn snelheid teweegbracht blies ons bijna omver. Achter de vrachtwagen reed een politieauto. Met veel misbaar hield de gebeten jongen hem aan.

'Ik ben gebeten,' jammerde hij, 'die hond moet worden afgemaakt.'

Een van de twee agenten trok zijn pistool, ontgrendelde het wapen en richtte het op mij. De jongens gniffelden.

'Cool,' zei er een, 'zo'n ding wil ik ook weet je.'

'Wacht even partner,' zei de andere agent, 'niet al te voortvarend de orde handhaven, hoor en wederhoor dient hier te worden toegepast, weet je nog wel?'

'Maar het is overduidelijk,' zei de eerste agent. 'Zie de scheur in de broek van deze knaap, er bestaat geen twijfel. Deze hond is een gevaar voor de openbare orde en bovendien denk ik dat er van wederhoor weinig sprake is. Sinds wanneer verstaan wij honden?'

'Honden niet collega, maar hun bazen komen doorgaans luid en duidelijk door. Meneer, wat is uw lezing van het gebeurde?'

Mijn baas vertelde wat er was voorgevallen. De eerste agent liet zijn pistool zakken en floot tussen zijn tanden. De andere liep naar de politieauto en kwam terug met een paar handboeien.

'Zo mannetje, niet de hond, maar jij moet mee naar het bureau.'

Hij ging dreigend voor de trillende jongen staan. De andere jongens lachten en slenterden weg.

'Hé, groeten aan de cipier man,' zei de grappigste, 'die ken ik nog van vorige week weet je, toffe gozer.'

'De hond,' zei de eerste agent, 'heeft overduidelijk uit noodweer gehandeld. En jij zal deze Kerstmis niet bij je ouders of je meisje doorbrengen, reken daar maar op. Poging tot doodslag, dat zal jou ten laste worden gelegd, en het valselijk beschuldigen van een hond.'

'Doe je handen maar op je rug,' zei de andere agent.

De jongen keek wanhopig op zoek naar hulp om zich heen. Van zijn vrienden hoefde hij die niet te verwachten. Ze liepen schoppend tegen een leeg bierblikje van ons weg. Langzaam bracht hij zijn armen op zijn rug. Toen maakte hij plotseling een onverhoedse beweging waarvan de agent met de boeien in zijn hand schrok. De jongen dook in elkaar, glipte pijlsnel tussen de agenten door en begon te rennen.

'Pak hem!' riepen ze tegelijk, zonder aanstalten te maken hem achterna te gaan. 'Grijp hem, houd hem!'

De jongen rende langs zijn vrienden die hem bewonderend nakeken. Ik trok aan mijn tuig, mijn baas begreep me en liet me los. Binnen tien seconden had ik hem beet, bij zijn jas.

'Niet bewegen,' schreeuwde de eerste agent, zijn pistool was nu op de jongen gericht. De andere liep langzaam naar ons toe. Terwijl ik de jongen vasthield duwde de agent zijn handen op zijn rug en klikte de boeien dicht.

'Los,' zei de agent tegen mij. Ik liet los. We liepen naar de politieauto.

'Wat een heldhaftige, prachtige hond heeft u meneer,' zei de eerste agent. 'Het lijkt mij een zeer geschikt beest om te dienen in het korps, maar u wilt hem niet kwijt, daar heb ik alle begrip voor. Wat voor type hond is het?'

'Een Ottomaanse herder.'

'Ik zal het aan de commissaris doorgeven, het kan nooit kwaad een onderzoek in te stellen naar een ander ras. Die Duitse honden kennen we nu wel.'

De jongen werd op de achterbank van de politieauto gezet, die met sirene en zwaailicht naar het bureau vertrok. Ik meldde me bij mijn baas, hij nam mijn tuig en hij liep zomaar de weg op. Gelukkig was het nu wel groen. De jongen werd veroordeeld tot een taakstraf van honderdzestig uur, dat was veel te weinig, zei mijn baas toen hij het in de krant las. In het bericht stond dat de jongen tijdens de rechtszitting spijt had betoond van zijn daad. Hij had zich niet gerealiseerd wat de gevolgen zouden kunnen zijn. Hij had stoer willen doen voor zijn vrienden. Via de krant bood hij mijn baas zijn excuses aan. Deze aanvaardde hij, maar toch bleef hij de straf te licht vinden.

'Volgende week,' zei mijn baas, 'ga ik naar Prewatalis toe, om met hem wat dingen te bespreken voor de Nederlandse vertaling.'

Wat? Naar Prewatalis, wij?

'Gaat Perkins ook mee?' vroeg Suzanne.

'Ja, natuurlijk, zonder hond ben ik nergens.'

'Maar mag dat, in het vliegtuig?'

'Goed dat je dat vraagt, ik moet nog tickets bestellen, dat ga ik vanavond doen. Ja, geleidehonden mogen mee, het zou toch raar zijn als dat niet zo was. Je mag toch ook je bril meenemen, of je gehoorapparaat?'

'Maar dat zijn dingen. Een hond is een wezen, een dier. Ze zijn zo bang voor aanslagen tegenwoordig, het zou me niet verbazen als ze Perkins weigeren. Er is laatst in Oman een man gearresteerd die een hond vol met explosieven, een bomhond, om zo te zeggen, mee wilde nemen in een vliegtuig.'

'Maar een geleidehond kunnen ze toch niet verbieden,' zei hij beslist, 'en anders neem ik de trein. Kom, we gaan, het wordt koud!'

Ze liet zijn handen nog niet los.

'Mag ik iets brutaals zeggen?' vroeg ze.

'Ja, ga je gang.'

'Die jas die je draagt, die kan eigenlijk niet meer. Hij is versleten, vaal en het model is, ja, hoe zal ik het zeggen, het past niet bij je. Jij als mens ziet er veel hipper uit dan je jas.'

'Wat is dat nou weer voor onzin? Een jas is een jas is een jas, die is om de kou tegen te houden. Het maakt mij niet uit of die jas nou in of uit de mode is. Mode. Weet je wat dat is? Dat is een afspraak tussen ontwerpers, fabrikanten en winkels. Die bepalen wat de mensen voor kleren moeten dragen. Het zijn altijd oude kleren, kleren die jaren geleden ook al een keer in de mode waren, maar dat weten de zienden niet. Ze hebben namelijk een heel slecht geheugen, slechter dan olifanten. Olifanten staan dan ook bekend om hun goede geheugen. Dus dat is geen wonder. Want die lopen nooit in rare pakjes. Zo'n slurf gaat een heel leven mee, die hoeft nooit gerestyled te worden, omdat er een nieuw slurvenconcept bedacht is, door een of andere gladde Italiaan, die een nieuwe Ferrari nodig heeft, omdat zijn tweede maîtresse de vorige in de prak gereden heeft.'

'Prewatalis?' vroeg Suzanne.

'Ja, maar ik denk er precies zo over.'

'Ik vind hem een walgelijke man, maar hij is wel erg origineel. Ik zou *Die Unvernunft* graag willen lezen als je het vertaald hebt, ook al ben ik het niet met alles eens. Dat duurt nog heel erg lang natuurlijk, voordat je dat af hebt. Ach, wil je nog een klein stukje citeren voor we gaan?'

'Ja, natuurlijk.'

Ik zag aan de manier waarop mijn baas ging verzitten dat het nog uren kon gaan duren.

'"Zienden zijn alleen maar geïnteresseerd in de buitenkant," zegt Prewatalis, daar ben ik het volkomen mee eens. Hij ergert zich verschrikkelijk aan een fenomeen als design. Ik ken de passage niet helemaal uit mijn hoofd maar hij schrijft zoiets als: "Design, dat is dat je alledaagse gebruiksvoorwerpen mooi vormgeeft." '

'Ja, dat weet ik ook wel,' zei Suzanne. 'Ik ben er dol op. Vind jij het niet leuk?'

'Nee,' zei Sikko, 'ik vind het niks. Het voelt lekker, maar het is duur, en raar. Ik ken een ziende die van design houdt. Hij had een design fluitketeltje gekocht in de vorm van een konijntje. Niet zomaar een konijntje, nee, een gestileerd konijntje. Dat moest hij elke dag zeker vier keer vullen met water en dan op het gas zetten. Het stond een beetje wankel, en het was een beetje klein. Voor een flinke pot thee had hij twee konijntjes nodig. Maar hij bleef water koken in dat designding, dat was hij aan zijn status als designliefhebber verplicht. Het werd al snel lelijk, zei hij, zwartgeblakerd. Dat kon natuurlijk niet. Dus kocht hij weer een nieuw konijntje. Ik zei nog tegen hem: "Je moet er twee kopen, dan heb je er binnen de kortste keren tien, want zo gaat dat met konijnen." '

Suzanne lachte.

'Nou, hij kon dat grapje niet waarderen, design is voor hem een bloedserieuze zaak.

Design is best aardig, maar niet voor gebruik, het hoort in een museum. Sommige dingen zijn nu eenmaal zoals ze zijn. Een ketel is een ketel, en die moet op den duur zwartgeblakerd zijn. Dat is een teken dat je er heel vaak fijn water in hebt gekookt. Water is trouwens ook al miljoenen jaren hetzelfde, dat kunnen ze niet stileren. Dus doen ze dat dan maar met het keteltje, het espressoapparaat en de waterkoker, die ze bijvoorbeeld de vorm van een piramide geven. Ik zou al na een week op dat stomme ding zijn uitgevoeld, design went snel. En je koffie en je thee worden er niet lekkerder door.

Zienden vinden mij een saaie, oude, calvinistische zeur. Laat ze maar praten, ze weten niet wat lekker is. Ze hebben nog nooit mijn koffie gedronken. Die zet ik met de hand, ik schenk het water uit een oude ketel langzaam op het filter, zodat de korrels opzwellen en al hun aroma's prijsgeven aan mijn ongedesignde pot. Wat een goddelijke smaak, wat een geur. Veel beter dan dat lauwe, doodgeslagen bocht dat ze uit hun design senseo's, cafféo's, aromissimo's en cappuccariosio's halen.

Ze kennen geen echte smaken. Hun appels glimmen, dat komt door de bestrijdingsmiddelen. Dat vinden zij gezond. Hun sinaasappels zijn prachtig oranje. De schillen worden geverfd. Ze verven hun fruit! Ik geloofde het eerst niet, maar het is echt waar. Er zijn zelfs allerlei Europese regels die voorschrijven hoeveel verfstoffen er in een sinaasappelschil mogen zitten. Hun tomaten zijn genetisch gemanipuleerd. Ze moeten groot zijn, en bol staan van het water. Ze voelen aan als siliconenborsten. Maar smaken, nee, dat doen ze niet. Ze spuiten hun kipfilets in met water, zodat ze groter en zwaarder zijn. Het vlees van hun kistkalveren moet maagdelijk wit zijn. En het rare is, er is geen regering die daar iets tegen doet.

Voor het oog moet alles wijken. Omwille van het oog is het toegestaan dieren te martelen. Het oog is de bron van alle kwaad, genocide is daar het beste bewijs van. Ze worden verblind, door die zichtobsessie. En er zal nooit iets veranderen want iedereen kan zien, behalve ik dan, en nog een paar stumpers. Ze zullen geen poot uitsteken om die echt te helpen.'

'Nou nou nou, niet zo verbitterd Sikko,' zei Suzanne. Hij scheen haar niet te horen.

'Sta je bijvoorbeeld in een lift,' zei hij met stemver-heffing, 'dan zou het toch handig zijn als er braille bij de knopjes zou staan, zodat je weet op welke verdieping je terechtkomt. Maar er staat geen braille bij de knop-jes. En waarom niet? Omdat zij het knopje voor je wil-len indrukken, want dan hebben ze iets goeds gedaan. Dan worden ze gesterkt in hun superioriteit, ze trekken zichzelf op aan dat knopje. Daarom zetten ze er geen braille bij. Dat geldt voor veel knopjes. Ook voor die van geldautomaten. Als je voor zo'n apparaat staat wil-len ze je maar al te graag helpen omdat ze dan het saldo van je rekening kunnen lezen. Ze willen namelijk weten, met hun onbeschofte ogen, hoe rijk je bent. Ze zullen je nooit bedonderen met geld, dat durven ze niet, maar ze zullen zich altijd willen laven aan dat wat jij niet kan.

Zo dragen ze veel liever mensen in rolstoelen de trap op dan liften voor ze te maken. Zo helpen ze je veel lie-ver met oversteken, ook al hoef je de straat niet over, want ze vragen je nooit iets, dan stoplichten met tik-kers te installeren. Die zijn namelijk duur, en die druk-ken zwaar op de gemeenschappelijke middelen. Er zijn maar weinig mensen die er gebruik van maken, dus als je dat gaat omrekenen, kost het de gemeenschap mis-schien wel honderd euro per oversteekbeurt per blinde. Daar kun je veel andere leuke dingen van doen, bijvoor-beeld een parkje aanleggen, met groen, want daar hou-den ze zo van. Het geeft ze de illusie dat ze in de stad zijn en toch ook helemaal buiten. En stel nou dat de enkele blinde die bij een stoplicht oversteekt wordt doodgere-den, dan ben je helemaal van het probleem af, iedereen blij. Zo mag ik niet denken, maar ik doe het toch, ik laat geen enkele ziende bepalen hoe ik denk. En daarin heb ik in Prewatalis een medestander gevonden.'

'Amen,' zei Suzanne na een lange stilte, 'wat een wereldbeeld. Sikko, mag ik nou je telefoonnummer hebben?'

Ze vroeg het bijna verlegen. Ik vond het grappig de hoogste terreurbestrijder van Nederland iets op zo'n lieve toon te horen vragen. Hij gaf haar zijn kaartje. Nog liet ze hem niet los. En mag ik het jouwe, dacht ik, vraag het dan man, toe dan!

'Je bent zo anders dan ik dacht,' zei ze.

'O ja?'

'Ja. Dat wist ik al voordat we hier gingen zitten, anders had ik je nooit meegevraagd. Ik wist het toen onze honden... en toen ik je moest vertellen wat ze aan het doen waren.'

'Ja,' zei hij, 'Blista had zand in haar ogen gekregen.'

'En toen dacht ik, dat wij misschien, nou ja, ik zag meteen aan je dat je, ach, ik zeg maar wat. Sorry. We gaan.'

Nog nooit had ik het vermogen tot praten zo gemist als nu. 'Doe dan wat man,' had ik willen schreeuwen, 'zit daar niet zo stom! Omhels haar, kus haar, bemin haar!'

'Wat dacht je dan,' zei hij, 'dat wij misschien wat?'

'Nou,' ze zuchtte, 'dat ik misschien jouw Blista zou zijn.'

'Mijn Blista, maar je bent toch geen hond?'

Opeens had ze er genoeg van.

'Kom Blis, we gaan,' zei ze.

Ze liet zijn handen los en stond abrupt op. O, sukkel, dacht ik, stomme stomme sukkel, Sikko de sukkel, er zat een gouden vrouw tegenover je, maar jij zag het niet, nee, jij wilde het niet zien.

'Ik bel je nog wel,' zei ze, 'vind je het van hieruit? Ja hè, oké, doeg.'

En weg was ze. Het klikklakken van haar haastige hakken was nog lang te horen. Toen viel de eenzame stilte in. Hij voelde haar handen nog in de zijne. Hij zat roerloos aan het tafeltje. Vol ongeloof speelde hij haar woorden in zijn hoofd af. En nog eens, en nog eens. Het was allemaal tegen hem gezegd, tegen hem! 'Jouw Blista.' En hij, hij... O god, was ze nog maar hier. Dan had hij haar over het tafeltje heen voorzichtig gekust. Hij zou haar gezicht onder zijn lippen voelen glimlachen. Hij zou het in zijn handen nemen. Hij zou haar zachte oren voelen, haar haar. Haar adem zou langs zijn wang strijken, ze zou zo dichtbij zijn, zo dichtbij. Ze zouden in een wolk van geluk naar huis zijn gelopen, haar huis, zijn huis, het maakte niet uit, waar hij met haar was daar zou hij thuis zijn. Hij zou haar hele lichaam met zijn handen lezen en zij zou hem zien, alles van hem zien. Maar elke klik en elke klak van haar hakken brachten haar verder van hem weg.

Hij bedacht wat hij had moeten zeggen, maar hij kon nog steeds de woorden niet vinden. Er was alleen maar stilte. In de verte hoorde hij iemand lopen, hij dacht dat ze terugkwam, het geluid stierf weer weg. Hij dacht aan Prewatalis, aan het 'spel met waarheden' waar hij zo belachelijk belangrijk, zo snobistisch over gesproken had. Wat had je aan die onzin als het er echt op aan kwam? Er waren altijd woorden, maar als ze er moesten zijn was er slechts stilte. Een traan viel op het papieren tafelkleed, en nog een en nog een. Ze kwamen tikkend neer op tafel, als zachte regen op het tentdoek tijdens een troosteloze vakantiedag.

Ik stond op en wreef met mijn kop langs zijn been. Hij legde zijn hand op mijn kop en mompelde: 'Jouw Blista.' Hij gespte mijn tuig om, stond op maar wist niet welke kant hij op zou lopen. Ik nam de leiding. Ik volgde het spoor van het parfum van Suzanne. Hij liet zich gewillig meevoeren, al wist ik niet of hij begreep dat we naar haar op weg waren. We liepen langs het reclamebord met de vrouw die slechts gekleed ging in lingerie. Ik leidde hem er keurig omheen. We liepen langs de viswinkel die inmiddels gesloten was. De geur van lekkerbekjes was hier sterker dan haar spoor. We sloegen rechtsaf een drukke straat in. Na honderd meter doofde het spoor, precies voor de tramhalte. Er zat niets anders op dan naar huis te gaan.

We sjokten droefgeestig langs stille straten en pleinen. Toen we onze straat inliepen versnelde mijn baas zijn pas. Ik poepte nog even op de door de gemeente aangewezen gedoogplek. Maandenlang was mijn baas bezig geweest die gerealiseerd te krijgen. Bij ons in de stad was een zero tolerance poepbeleid ingevoerd. Elke drol van elke hond diende door de baas verwijderd te worden.

Van iedere hond in de stad was DNA afgenomen. DNA, de letters staan voor Drollen Niet Anoniem. Dat DNA stond in een databank. Als de drollenopsporingsbeambten een drol vonden, namen zij die mee naar het gemeentehuis, maakten een uitstrijkje en keken of het DNA van de drol in de databank voorkwam. Als dit niet zo was, dan was de drol van een illegaal in onze stad verblijvende hond. Dat waren er nogal wat. Volgens schattingen herbergde de stad zo'n vijfduizend illegale honden. Men deed wel pogingen ze uit te zetten, maar die hadden weinig succes. De honden liepen gewoon weer terug. De illegale hond had een zwaar leven. Hij was rechteloos en zelfs in het asiel was hij niet welkom.

Als het DNA van de gevonden drol wel voorkwam in de databank, dan zwaaide er wat. Dan kreeg de baas de drol in een enveloppe thuisbezorgd, samen met een woedende brief van gemeentezijde. Als het nog een keer gebeurde, stond er in de brief, dan wordt uw hond in beslag genomen. Een halfjaar geleden moesten we naar het gemeentehuis. Daar werd mijn DNA afgenomen. Ik moest mijn bek opendoen. Iemand streek met een wattenstokje dat eigenlijk bedoeld is om je oren mee schoon te maken langs de binnenkant van mijn wang. Dat was alles. Ze kunnen dus aan mijn wang zien of een drol die ik gedraaid heb aan mij toebehoort.

Een week later al viel de eerste enveloppe op de mat. Ik herkende onmiddellijk mijn drol. Mijn baas was boos. Hij was vaak boos, maar in dit geval was het terecht. Hij belde de gemeente.

'Wat denken jullie nou eigenlijk,' riep hij, 'dat ik, als mijn hond gescheten heeft, net zolang over de grond ga voelen tot ik zijn drol vind om die in een zakje te stoppen? Wat nou regels zijn regels, probeer je nou eens in mij te verplaatsen. Nee, jij hebt geen hond en je bent ook niet blind, maar stel je dat nou eens voor! Zeg nou zelf, dit kan toch niet. Nee, jij hebt de regels niet gemaakt, maar man, luister nou toch eens. Weet je waar dit land door naar de kloten gaat? Door een gebrek aan empathie. Nee, dat woord ken jij niet, ik zal mij even in jou verplaatsen en het uitleggen. Het betekent "je in iemand anders verplaatsen". Wat zeg je? Ik moet hulp vragen? Ik moet elke keer als mijn hond een bolus gekakt heeft aan een voorbijganger vragen: "Ach meneer, ach mevrouw, wilt u misschien even de drol van mijn hond opruimen?" Nou, ik dacht het niet. Waar zijn jullie bij de gemeente nou helemaal mee bezig? Ik wil een uitzonderingspositie. Ik kan mijn drollen, die van mijn hond bedoel ik, die kan ik niet opruimen en daarom mogen ze blijven liggen. Wat? Hoe weet je dat ze van mijn hond zijn? Zijn DNA staat in de databank man! Weet je wat, ik laat hem wel een drol maken in de vorm van een u, de u van uitzondering.'

Een week later was het weer raak. Ik rook hem al toen de postbode nog tien huisnummers van het onze verwijderd was. Het was een vervelende toestand, op deze manier had het uitlaten weinig zin. De brief die bij de drol zat kon mijn baas niet lezen, hij was niet in braille. Dat was maar beter ook. Weer belde hij met de gemeente. Hij eiste een onderhoud met de wethouder die hondenpoep in zijn portefeuille had. Hij mocht de volgende dag al langskomen.

'De gemeente,' zei de wethouder, terwijl we plaatsnamen in zijn kamer, 'de gemeente, kopje koffie, ik zal even bellen. Sabine, doe jij even twee koffie. De gemeente, bakje water voor de hond? Ik zal even bellen. Sabine, bakje water, nee gewoon uit de kraan. De gemeente is er natuurlijk voor haar burgers, dus ook voor u. Het spijt mij buitengewoon dat de zaken gelopen zijn zoals ze zijn gelopen. De regelgeving is wellicht op dit punt iets te rigide. Maar, en dat is zeer belangrijk, wij mogen geen precedenten scheppen. Het is goed dat mijn ambtenaren daarvoor waken. U moet weten dat er tegenwoordig zeer veel mensen gebruikmaken van honden. Als wij die allemaal vrijstelling van de opruimingsverplichting zouden geven, dan zou je geen stap meer kunnen zetten zonder... enfin, u begrijpt wel wat ik bedoel. Dat zou voor u persoonlijk zeer lastig zijn. U zou kilo's ontlasting van trouwe viervoeters uw huis binnenlopen.

De aanvragen voor vrijstelling komen bij honderden tegelijk binnen. Autistische kinderen, mensen met een motorische uitdaging, looponbekwamen, gehoorgeremden, ze maken tegenwoordig allemaal gebruik van hulphonden. Prozacafhankelijken, ADHD'ers, ze willen allemaal, net als u, geen verantwoordelijkheid nemen voor de uitwerpselen van hun blaffende makkers. Dat is werkelijk onbestaanbaar. Mijn mensen kunnen het werk niet aan. Er liggen hier drieduizend brieven van beveiligers, meneer. Half Nederland wordt beveiligd, door de andere helft, ja, net wat u zegt, zo houdt men elkaar aan het werk. Veel van die beveiligers werken met honden. Als zij, beweren ze, de fecaliën zelfe zouden moeten opruimen, brengen zij degenen die zij moeten beveiligen in groot gevaar, omdat zij op het moment van ruiming het beroep dat ze geacht worden uit te oefenen niet kunnen uitoefenen.

Ik ben gekke Henkie niet meneer. Het hek is van de dam, paal en perk dient gesteld te worden. Daarom geldt voor een ieder die een uitzonderingspositie claimt de aantoningsplicht. U dient derhalve aan te kunnen tonen dat u met goed fatsoen niet in staat kunt worden geacht dat wat de wetgever van u verlangt, namelijk het in ongerepte staat achterlaten van de gemeentelijke grond waarop uw hulpdier zijn natuurlijke behoefte heeft gedaan, te volbrengen. Wij hebben daartoe buiten, in de ambtenarentuin, een proefopstelling ingericht. Er is een hond aanwezig, een artificiële hond zoals u zult begrijpen. Deze hond produceert, na het indrukken van een knop die op zijn kop is bevestigd, een hoeveelheid ontlasting van 0,473 kilogram, een gemiddelde dat wordt verkregen als men alle hier ter stede aanwezige rassen naast elkaar legt. De ontlasting is werkelijk ontlasting, zij is het resultaat van alle door de drollenopsporingsbeambten in beslag genomen drollen afkomstig van honden die niet voorkomen in de databank. U zult dus, ingevolge de aantoningsplicht, moeten bewijzen dat u niet bij machte bent, niet in staat of anderszins incapabel of onbekwaam te doen wat de burgerplicht van u verlangt.

Maar, en dat is in uw geval goed nieuws, de wet voorziet in een pardon, een ruimhartig pardon, te verlenen door de in functie zijnde wethouder. Daar vallen onder: A de spastici. Ik wil u wel vertellen,' de wethouder boog zich naar mijn baas toe, zijn stem werd vertrouwelijk, 'de eerste die hier ter tuin de aantoningsplicht moest volvoeren was een spasticus. Hij was goed van bedoelingen, dat neem ik onmiddellijk aan, maar de poep vloog mij letterlijk om de oren, hahahaha! Daarom zijn de spastici gevrijwaard van de ruimingsplicht. De tweede groep die onder mijn ruimhartig pardon valt behelst B de blinden. Meneer, ik mag u feliciteren. U kunt het digestieve afvalmateriaal van uw hond vrijelijk laten voor wat het is, vermits u het deponeert in de door de gemeente aangewezen zone, de zogenaamde S&G-zone, de Shit and Go zone, wij gebruiken als gemeente uiteraard voor de burger begrijpelijke taal.

Goed, meneer, ik vond het zeer aangenaam om eens met u van gedachten te wisselen omtrent het gemeentelijk beleid, ik moet mij nu helaas excuseren, de volgende burger wacht op mij, een door de hulpdiensten erkende homoseksuele gokverslaafde alcoholist, die wil ook ontheffing, maar die krijgt hij niet. Drinkt u rustig uw koffie op, die zal Sabine zo wel komen brengen dunkt mij, ik schud u de hand, het is erg prettig dat ik iets voor u heb kunnen betekenen, ik zou zeggen, tot de volgende keer.'

De wethouder stond op en verliet zijn kamer.

'Mooi, Perkins,' zei mijn baas, 'ga je gang.'

Ik ging in het midden van de kamer zitten en legde een mooie, grote Ottomaanse bout. Lachend liepen we het gemeentehuis uit.

Mijn baas at niets die avond. Hij zat in zijn luie stoel in de kamer. Hij luisterde niet naar de radio, las geen gesproken boek, draaide geen hoorspel, sprak niet met collega-zendamateurs, hij zat met zijn telefoon in zijn hand te wachten. Regelmatig zakte zijn hoofd naar voren. Dan schrok hij wakker en sloeg zichzelf voor zijn kop.

'Waarom,' klaagde hij hardop, 'waarom is bij mij alles altijd te laat?'

Omdat, dacht ik, je een hondenleer aanhangt terwijl je een mens bent. Je bent een cynicus en cynici zijn geen types voor de liefde. Althans niet als ze mens zijn. De hondenliefde is anders, maar daar begrijpt geen mens iets van. Ik had met hem te doen. Ik had geen medelijden, ik had mededogen.

Mijn woede wilde maar niet wijken. Het kwam door Prewatalis. Als ik die man toch eens een lesje zou kunnen leren. Toen schoot het me plotseling weer te binnen. Wij zouden hem gaan ontmoeten, volgende week! Een plan begon zich in mijn geest te ontvouwen. Ik moest de eer van de Ottomaanse herders redden en ervoor zorgen dat de vertaling van mijn baas nooit zou verschijnen.

De volgende dag was het zondag en dat betekende dat wij eigenlijk op bezoek moesten bij Hans, de broer van mijn baas die de ziekte van Alzheimer had. We hoefden dat niet te doen, de broer van mijn baas wist niet meer dat hij een broer had, maar toch voelde mijn baas zich verplicht naar hem toe te gaan. Hij hield van zijn broer.

Maar die zondag gingen we niet. Na de zondagse wandeling in de duinen, die gelukkig wel doorging, ging mijn baas, met zijn telefoon naast zich, achter zijn computer zitten. Hij begon als een bezetene te typen. Uit de tekstflarden die zijn computer uitsprak begreep ik dat hij Prewatalis zat te vertalen. Na een tijdje stopte hij plotseling en zat heel lang voor zich uit te staren met een wazige glimlach om zijn mond en een glazige blik in zijn glazen ogen. Toen sloeg hij op zijn bureau.

'Werken,' riep hij, 'ik kan haar alleen maar uit mijn kop krijgen met werken!'

Hij typte en hij typte. Hij vergat mij. Ik had honger, ik had dorst. Die verschrikkelijke Prewatalis! Alles wist die man beter.

'Zienden,' las zijn computer voor, 'hebben elkaar niets te vertellen. Ze willen elkaar alleen maar zien. Omdat er voor hen niets belangrijker is dan gezien worden. Ze weten namelijk pas wie ze zijn als een ander ze ziet. Merkwaardig, maar het is niet anders, zo zijn zienden. Het gaat ze maar om één ding, hoe zie ik eruit. Om dat te controleren gebruiken ze spiegels. Die hangen ze overal op. In wc's bijvoorbeeld, waar ze ook vliegen in de urinoirs hebben geschilderd. Dat is omdat ziende mannen anders naast het urinoir wateren. Ze vinden het blijkbaar leuk een vlieg met hun straal aan flarden te pissen. Dat noemen ze jagersinstinct.

Nadat ze zo'n vlieg aan hun urinespies hebben geregen kijken ze altijd even in de spiegel of ze er nog kek uitzien. Want dat willen ze, er kek uitzien. Kek, het betekent zoiets als saai, onopvallend, zoals iedereen. Want de zienden willen wel gezien worden, maar ze willen ook weer niet al te veel opvallen. Kek is de norm. Vlot, leuk, met hier en daar een accent...'

Toen ging plotseling de telefoon. Ik zag mijn baas rood worden. Hij greep naar het toestel, het viel op de grond. Hij vloekte, bukte, maaide met zijn handen over de vloer maar kon de telefoon niet vinden. Ik stond op en schoof hem met mijn poot naar zijn hand. Hij griste hem van de vloer, maar toen was hij al gestopt met rinkelen. Hij kreunde en sloeg mij per ongeluk tegen mijn neus. Dat speet hem en bracht hem bij zinnen.

'O, Perkins, sorry jongen, ik ben een beetje in de war, ik zal je eens even wat water en wat lekkers geven.'

We liepen naar de keuken. Toen we halverwege waren ging de telefoon weer. Hij rende terug, liep hard tegen zijn bureau op. Dit keer was hij wel op tijd.

'Hallo?' zei hij op een toon die ik niet van hem kende. 'Ja, met Sikko. Suzanne?' Zijn gezicht begon te stralen. 'O, Andrea, o ja, sorry, ik dacht even dat het iemand anders was.'

Andrea is de vrouw van zijn broer die alzheimer heeft.

'Nee, ik kom niet, het spijt me, ik had je even moeten bellen, ik voel me niet zo lekker, griepje, ja, het heerst, ja, op jouw werk ook? Ja, bij mij ook, ja, tot volgende week. Groeten aan Hans, dag!'

Hij legde de telefoon op zijn bureau en ging weer zitten. Ik jankte.

'O, ja, ik was met jou bezig.'

We liepen weer naar de keuken. Hij deed water in mijn voerbak en brokken in mijn waterbak. Toen vulde hij het reservoir van het koffiezetapparaat met water, deed een filterzakje en koffie in het filter. Hij plaatste het filter op de koffiepot, zette het koffiezetapparaat aan maar vergat de koffiepot eronder te zetten. Hij liep terug naar zijn bureau en begon weer te typen. Het hete water druppelde uit het apparaat op het aanrecht en van het aanrecht op de vloer. Ik blafte om hem te waarschuwen.

'Wat is er nou?' riep hij. Hij kwam weer naar de keuken en stapte met zijn blote voet in het plasje heet water.

'O, wat ben ik een stomme zak,' mompelde hij, 'ik ben echt ziek geloof ik.'

Hij zette het apparaat uit, dweilde het water op, vulde het reservoir opnieuw, zette het apparaat weer aan en liep de kamer in. Ik blafte weer, hij kwam terug. Ik zette mijn voorpoten op het aanrecht en tikte tegen de koffiepot. Net op tijd stond de pot onder het apparaat. Zelfs toen de koffie al een hele tijd klaar was, bleef hij maar typen, zin na zin ramde hij in zijn toetsenbord.

De computerstem schalde door de kamer. 'Niet alleen in hun wc's hebben ze spiegels. Ook in hun badkamers en aan de binnenkant van hun kledingkasten hangen ze. Sommige spiegels zijn zo lang dat ze zichzelf er van top tot teen in kunnen zien. Dan zeggen ze vaak: Ik word oud, of, mijn borsten gaan hangen. En borsten mogen niet hangen, want dat is niet kek. En oud, daar kun je al helemaal niet mee aankomen. Oud is niet in, oud is uit. Terecht ook, want geen zienden zo irritant als bejaarde zienden. Die dringen voor bij de supermarkt. Ze worden kwaad als je er iets van zegt, dan respecteer je ze niet. Bejaarde zienden moeten net als jonge zienden op hun beurt wachten. Sterker nog, ze moeten eigenlijk de jonge zienden voor laten gaan, bejaarde zienden hebben namelijk meestal heel weinig te doen. Ze staren wat in de verte en prevelen dat het vroeger allemaal een stuk beter was. Wat precies, dat zeggen ze er nooit bij. Zij zelf misschien, omdat ze toen nog niet voordrongen.

De zienden hebben heel veel spulletjes om kek te blijven. Hydraterende crèmes, voedende skin-gels, weetikveelwatnogmeer de zienden allemaal bedenken om andere zienden het geld uit de zak te kloppen. Ze helpen allemaal niets, die middeltjes, echte schoonheid zit vanbinnen, maar dat weten zij niet. Ze smeren en slikken zich de hele dag te pletter, en als dat niet meer helpt, dan schakelen ze een plastisch chirurg in. Dat is een ziende die andere zienden kekker maakt. Die snijdt bijvoorbeeld de huid in je nek open, trekt dan het vel om je gezicht strak en naait de snee weer dicht. Dat vinden zienden mooi, dat ze er strak uitzien. Als ze te kleine borsten hebben, zet de plastisch chirurg er siliconenimplantaten in, en als ze later, omdat de mode is veranderd, te groot zijn, haalt hij ze er weer uit.

De zienden willen het liefste poppen zijn. Poppen die niet te lijden hebben van de tijd. Ouder worden vinden ze niet leuk. Dat komt omdat ze bang zijn voor wijsheid. Die komt met de jaren en daarom draaien ze de klok zo graag terug. Zienden houden van buitenkant, omdat dat het enige is dat ze zien. Ze willen perfect zijn, en daarom moet hun spiegelbeeld lijken op degene die ze in gedachten hebben, de überblanke. De kekke überblanke met een strak gezicht zonder hangborsten. Het verlichte product van de beschaving.

Ze winkelen graag. En als ze dan zo lopen te flaneren, in hun niet-vloekende kleren, dan zien ze zichzelf in de etalageruiten. Etalages zijn uitstalkasten van winkels. Die staan vol met spulletjes die ze moeten kopen. Het is meestal waardeloze rommel, kleren bijvoorbeeld, of lampen, of parfums, want dat was ik nog vergeten te vertellen, zienden kunnen ook ruiken. Parfums zijn geurwatertjes. Ze zijn bedoeld om lekker te ruiken zodat iemand je wil, ook zonder dat hij naar porno heeft gekeken. Die zijn duur, die parfums, omdat ze in mooie flesjes zitten, in de vorm van een gestileerd vrouwenlichaam bijvoorbeeld. Ja, het oog wil ook wat, dat zeggen ze altijd, maar daar betalen ze flink voor.

Die flesjes staan in de etalages, mooi uitgelicht uiteraard, want ze hebben lampen uitgevonden en dat zullen we weten ook. Het leuke aan die etalages is, dat daar ruiten voor zitten. In die ruiten, vraag me niet hoe het werkt want ik heb geen verstand van dat soort dingen, in die ruiten kunnen de zienden zich spiegelen. Dan kunnen ze zichzelf zien flaneren. Dan worden ze vaak verliefd op zichzelf. Dat weten ze niet, ze denken dat ze verliefd zijn op een ander, en dan gaan ze trouwen. Ze kopen dure kleren voor hun bruiloft, uit die etalages, en dan gaat het vaak snel mis met hun huwelijk, omdat ze niet wisten dat een ander er zonder spiegel anders uitziet dan zijzelf. Ze doen zo moeilijk. Als ze nou gewoon iemand zouden kiezen op de stem, en op wat hij of zij zegt en op hoe hij of zij ruikt, dan weet je tenminste wat voor vlees je in je bed hebt.'

'Dat had ik moeten doen gisteren,' zei mijn baas. 'Ze rook zo lekker. En die stem...'

Ik blafte vanuit de keuken.

'Hè, ja, wat?'

Hij kwam, ik ging weer op het aanrecht staan en tikte

tegen het koffiezetapparaat. Ik moest hem vandaag echt overal mee helpen. Ik deed het graag, daar niet van, als ik het had gekund had ik zijn koffie ingeschonken en naar zijn bureau gebracht, met een koekje. De Ottomaanse herder vermag veel, maar dat niet. Hij schonk een soepkop vol met koffie, dat deed hij vaker, dan hoefde hij niet op te staan voor een tweede kopje. De hele middag bleef hij typen.

'Ik kook niet vandaag,' zei hij toen hij mij uitliet.

Dat leek me heel verstandig na het gedoe met de koffie. Mensen die verliefd zijn moeten zo veel mogelijk voor zich laten doen.

Hij werkte de hele avond door, keurde mij geen aai waardig. Mijn weerzin tegen Prewatalis en zijn misbruik van de hondenleer was in de loop van de dag steeds groter geworden. Eigenlijk, had ik bedacht, was mijn baas medeschuldig aan dit verschrikkelijke plagiaat, omdat hij het vertaalde. Toen zag ik opeens, mijn baas was boven zijn tanden aan het poetsen, het stokje in zijn computer zitten. Op het stokje bewaart hij zijn documenten. Hij steekt het, voordat hij aan het werk gaat, in zijn computer, en haalt het als hij klaar is met werken er weer uit. Dan stopt hij het in zijn broekzak, zodat niemand zijn gegevens kan stelen.

Ik liep naar de computer, pakte het stokje tussen mijn tanden en trok het eruit. Op dat moment kwam mijn baas de kamer binnen. Ik schrok en slikte het stokje door. Ik had het willen verstoppen om het hem ooit, als Prewatalis' plagiaat zou zijn uitgekomen, terug te geven. Ik liep naar de keuken en kokhalsde in mijn lege waterbak. Het wilde mijn keel niet meer verlaten. Langzaam voelde ik het door mijn slokdarm in mijn maag glijden.

Mijn baas ging niet meer naar zijn computer, hij pakte alleen zijn telefoon van zijn bureau om die naast zijn bed te leggen.

De volgende morgen moesten we weer naar de AIVD, het was maandag. Hij versliep zich, dat was nog nooit voorgekomen. Ik maakte hem wakker door aan zijn slaapkamerdeur te krabben. Hij kleedde zich snel aan, smeerde een paar boterhammen, gaf mij mijn ochtendbrokken en water en zocht de spullen bij elkaar die hij nodig had. Hij ontdekte dat het stokje niet meer in zijn computer zat. Ik voelde het ergens diep in mijn ingewanden prikken. Hij raakte in paniek.

'Perkins,' riep hij, 'zoek stokje!'

In de vensterbank, naast het apparaat waarmee hij boeken leest, lag nog een stokje. Dat reikte ik hem aan.

'Wat zou ik toch zijn zonder jou,' zei hij.

Hij stopte het veilig in zijn broekzak, trok zijn jas aan, tuigde me in en we gingen op weg. We waren nauwelijks later dan anders, ik zag op straat dezelfde mensen die ik 's morgens altijd zie. Hij liep snel, die ochtend. Hij liep zoals hij gelopen had toen ik net zijn hond was geworden. Vlak voor we bij de AIVD naar binnen gingen, moest ik poepen. Ik hoef anders nooit op dat tijdstip en mijn baas vond het raar, maar wat moet dat moet, dus ik poepte op het stukje gras naast de achteringang. Het was weliswaar geen Shit & Go-zone, maar er kon rustig gepoept worden, het veldje was geheim.

Na binnenkomst liepen we meteen, op de gang een enkele 'goedemorgen' met collega's uitwisselend, naar zijn kamer. Mijn baas zette zijn computer aan en stopte het stokje erin.

'Leeg,' zei het apparaat beslist. De blikkerige stem spreekt op een toon die geen tegenspraak duldt. 'Leeg,' hij zei het nog een keer, voor de zekerheid. Mijn baas stond op, doorzocht zijn broekzakken en de tas die hij van huis had meegenomen. Hij vond uiteraard het andere stokje niet.

'Ik zal vanavond dan in godsnaam maar aan een ziende vragen om te helpen zoeken,' zei hij. Hij ging aan het werk. Hij zette zijn hoofdtelefoon op en begon te typen. Zijn computer zei even later: 'Bilal heeft couscous gekocht bij het mannetje in de Jan Steenstraat.' En: 'De tajine smaakt slecht vandaag.' Het leek een dag te worden als alle andere. Hij dronk drie kopjes koffie, liet mij uit in de middagpauze, at zijn meegebrachte boterhammen op in de kantine, kocht een kroket, dat was ongewoon, had dat iets met Suzanne te maken? Hij sprak kort met enkele collega's over het voetbal en het weer en hij ging weer verder met het uitwerken van de taps.

'De hemel zal roodgloeiend zijn boven Amsterdam.'

'11 september 2001 zal snel worden vergeten.'

Het waren dreigende zinnen, maar door de manier waarop zijn computer ze uitsprak klonken ze als neutrale mededelingen.

Om vier uur stormde het hoofd van de tappers plotseling zonder kloppen de kamer binnen.

'Sikko, heb je het al gehoord?' Mijn baas rukte de hoofdtelefoon van zijn hoofd.

'Wat, een aanslag, Amsterdam? Ik heb net de taps naar je opgestuurd, ze klonken niet als heel gevaarlijk. Zo heb ik ze ook aangemerkt, de stemmen van de jongens klonken blufferig en puberaal dus ik heb ze in schaal 6 gezet, ik dacht...'

'Nee, geen aanslag, iets veel ergers. Alle gegevens over de Domstadgroep liggen op straat. Een of andere klootzak is zijn geheugenstick verloren.'

'O mijn god,' zei mijn baas, 'o jezus christus. Hoe weet je dat?'

'Er komt net een persbericht binnen dat die stick gevonden is.'

'Door wie?'

'Door Pieter K. de Groot. Hij geeft zo meteen een persconferentie.'

'De klootzak.'

Pieter K. de Groot is een misdaadjournalist. Hij heeft een wekelijks programma op een commerciële televisiezender, TBS7. Hij lost vrijwel nooit een zaak op, maar dat geeft niet, het gaat erom dat er zo veel mogelijk mensen naar de reclames kijken, waarvan zijn programma doordrenkt is.

'Jij hebt alle taps van de Domstadgroep uitgewerkt,' zei het hoofd. 'Waar is jouw stick?'

'Die ligt gewoon thuis.'

'Die hoort hier, in de kluis! Hoe vaak moet ik dat nou nog zeggen?'

'Ja, dat weet ik, maar ik heb er in het weekend nog aan gewerkt en vandaag ben ik hem vergeten. Dat is niet erg, de informatie staat toch allang op ons beveiligde netwerk?'

'Jawel, dat is wel erg! Die stick ligt nu gewoon ergens bij jou rond te slingeren. Heb je een werkster?'

'Ja.'

'Heeft ze een sleutel?'

'Ja.'

Er werd vanaf de gang geroepen. 'De persconferentie

begint, we kijken in de kantine, komen jullie?'

We stonden op en voegden ons bij de opgewonden AIVD'ers, het leek wel of we met zijn allen een belangrijke voetbalwedstrijd gingen kijken.

'We schakelen rechtstreeks over naar Blaricum,' zei een zeer monter klinkende journaallezer, 'daar staat Pieter K. de Groot op het punt te beginnen met zijn persconferentie.'

'Dames en heren, goedemiddag,' begon Pieter K. de Groot, met zijn slepende, altijd geamuseerd klinkende stem. 'Ik zal in mijn programma van morgenavond, dat begint om tien over acht, dat is tien minuten eerder dan er in de gidsen staat vermeld, let u daar even op, ik zal daarin uitgebreid aandacht besteden aan de schat aan informatie waarmee door onze nationale geheime dienst zo klunzig, ik kan het niet anders noemen, zo klunzig is omgesprongen. Die dienst wordt betaald uit uw en mijn zak, van zo'n dienst mag je verwachten dat hij integer is. Nee, zo'n dienst moet integer zijn. Het gaat hier om zeer gevoelige informatie. Ik zal niet in details treden, dat doe ik morgenavond, vanaf tien over acht, tien minuten eerder dus dan vermeld. Uit de stukken die op de vandaag door mij gevonden geheugenstick staan, blijkt dat Nederland blootstaat aan veel meer terreurdreiging dan wij allemaal aannemen. En nou weet ik wel dat de geheime dienst haar werk moet kunnen doen, maar op deze stick staan onomstotelijke bewijzen van het bestaan van een groot terreurnetwerk in Utrecht en omgeving, door de AIVD aangeduid als de Domstadgroep.

Er staan transcripties van telefoongesprekken op de stick, die de leden van deze groep onderling hebben gevoerd. Uit die transcripties zal ik morgen, in mijn programma op TBS7, dat anders dan aangekondigd al om tien over acht begint, uitgebreid citeren. Verder kan ik u nog geen mededelingen doen, u zult begrijpen, deze zeer gevoelige informatie kan de staatsveiligheid in gevaar brengen. Dan is er nu gelegenheid tot het stellen van vragen, u eerst.'

Een verslaggever van Rondom Het Torentje, de dagelijkse politieke rubriek van de publieke omroep, nam het woord.

'Hoe komt u aan de stick, meneer De Groot. Kunt u ons dat vertellen, en hoe bewijst u dat hij echt is?'

'Ik zal niet,' zei De Groot licht geërgerd, 'ingaan op uw insinuaties. De stick is echt en hoe ik dat weet dat ziet u morgenavond. En waar ik de stick gevonden heb? De stick is aangetroffen in de buurt van het hoofdkantoor van de AIVD, waar precies dat zal ik in mijn uitzending vertellen.'

De journalisten begonnen door elkaar heen vragen op De Groot af te vuren, maar die liet verder niets meer los.

'Goed,' sprak de montere journaallezer, 'tot zover Blaricum, morgenavond weten we meer. We gaan schakelen met Den Haag, daar staat onze verslaggever Rochus van Gemmerden en bij Rochus staat de nationale coördinator terreurbestrijding Suzanne Spoelstra. Rochus?'

'Dank je, Gerard. Mevrouw Spoelstra, geschokt?'

'Nou, we moeten eerst natuurlijk even morgenavond afwachten, we kennen de heer De Groot lang genoeg om te weten...'

'Maar als dit waar zou zijn mevrouw Spoelstra, wat dan?'

'Dat zou zeer betreurenswaardig zijn.'

'U doet er nogal laconiek over, dit is toch heel erg?'

'Ik ben niet in het minst laconiek, we zullen onmiddellijk een intern onderzoek instellen en mocht het zo zijn dat deze stick afkomstig is van iemand van de AIVD, dan zal deze persoon daarvoor ter verantwoording worden geroepen.'

'Dat betekent ontslag?'

'Ontslag.'

'Is het bestaan van de Domstadgroep bij u bekend? Waarom is de code van het terreuralarm nog steeds oranje en niet rood?'

'U loopt erg op de zaken vooruit, morgenavond bent u de eerste die uit mijn mond een reactie kan optekenen. Daar wilde ik het graag bij laten.'

'Dank je Rochus, tot zover dit extra journaal, wij zijn er weer om zes uur met het reguliere bulletin.'

De televisie werd uitgezet. Mijn baas staarde glazig voor zich uit. De directeur antiterreuraangelegenheden nam het woord.

'Ik stel voor mensen, ik weet dat het moeilijk is, maar ik doe het toch, dat we allemaal gewoon weer aan het werk gaan en morgenavond afwachten. Ik verzoek jullie dringend elkaar niet aan te merken als verdachte. Ik ga ervan uit dat de prettige en constructieve sfeer die onze dienst zo kenmerkt behouden zal blijven. Dank voor de aandacht.'

We stonden op. Om ons heen gonsde het van de speculaties en theorieën.

'Het is die Spoelstra zelf,' zei een dikke, zwetende, zurig ruikende oudere man. 'Ze heeft die stick uit haar handtas laten vallen, of uit de zak van haar mantelpakje

of uit haar beautycase, weetikveel. Ze reageerde zo on-
derkoeld. Je moet een vrouw niet zo'n belangrijke functie laten uitoefenen. Verantwoordelijkheid, daar gaat het
om, en daar zijn wij nou eenmaal beter in.'

'Wie zijn wij?' vroeg een vrouwelijke collega.

'Wij mannen.'

'Zo verandert er nooit wat,' zei de vrouw.

'Er hoeft ook niets te veranderen, laat het nou maar
gewoon aan ons over.'

'Ik vond juist dat ze het geweldig deed,' zei het
hoofd tappers. 'Wat een professionele, zakelijke, goede
vrouw.'

'Ja,' zei mijn baas, 'een hele goede vrouw.'

Er werd gelachen om de toon waarop hij het zei. Hij
werd rood.

'Sikko kan het weten,' zei de vrouw, 'die kan heel veel
uit stemmen opmaken.'

'We moeten kalm blijven,' zei het hoofd tappers zenuwachtig. 'Aan het werk.'

Niemand behalve ik hoorde hem. Ik was de enige die
niets hoefde te doen. Men besprak in kleine clubjes de
ontstane situatie. Mijn baas werd niet in de discussie be-
trokken. Hij maakte van die gelegenheid gebruik om er
tussenuit te glippen. We liepen naar zijn kamer, hij pakte zijn spullen en via de achterkant verlieten we het gebouw. Mijn drol lag niet meer op het geheime veldje.

's Avonds kwam Andrea, de vrouw van zijn broer. Hij
had haar gebeld om hem te helpen zoeken naar het stokje. De kamer werd binnenstebuiten gekeerd. Er kwam
veel tevoorschijn wat hij in de loop van de jaren was
kwijtgeraakt. Sleutels, batterijen, 17 euro aan munten,
maar geen stokje. Hij was radeloos.

'Daar staat mijn vertaling van Prewatalis op,' riep hij boos tegen Andrea.

Wat er nog meer op stond, kon hij niet zeggen. Toen ze vertrokken was, barstte hij opeens uit in een onbedaarlijk lachen. Hij hing slap in zijn stoel. Hij hikte, hij proestte, hij verslikte zich, hij hoestte, hij stikte er bijna in, het klonk alsof hij weer in het water van de Amsterdamse gracht lag. Het leek wel of hij dronken was, maar dat kon niet, hij had de hele avond alleen maar koffie gedronken.

'Godsallejezus,' schaterde hij, 'wat een toestand!'

Toen trok hij een fles wijn open en dronk die helemaal leeg.

De volgende ochtend meldde hij zich ziek. De hele dag, op twee kleine wandelingetjes met mij na, luisterde hij naar de radio. Alle programma's gingen over slechts één onderwerp: de Domstadgroep. Wie waren de leden? Wat waren ze van plan? Hoe ver waren ze met het voorbereiden van aanslagen? Hoe gevaarlijk waren ze? Wie waren hun opdrachtgevers en geldschieters? Hoe erg was het dat alle informatie over hen nu in handen van Pieter K. de Groot was gevallen en hoe had dit in hemelsnaam kunnen gebeuren? Was het waar dat ze deel uitmaakten van het internationale netwerk van de gevaarlijke blinde sjeik Omar al Rachman? Moest de noodtoestand worden afgekondigd? Toen een bezorgde terreurwatcher die vraag met een voorzichtig 'ja' beantwoordde barstte mijn baas weer in lachen uit. Het was nog erger dan de avond ervoor.

Tientallen deskundigen putten zich uit in veronderstellingen, mogelijkheden, waarschuwingen en dreigingsanalyses. De conclusie van elk gesprek was hetzelfde. Eigenlijk weten we nog niets, we kunnen alleen maar afwachten tot het tien over acht wordt en dan afstemmen op TBS7.

Om zes uur gaf Suzanne een persconferentie. Ze vertelde dat het terreuralarm verhoogd was naar code rood, de opperste staat van paraatheid. De vliegvelden en andere mogelijke doelwitten werden streng bewaakt. Om half zeven werd het centraal station van Utrecht ontruimd. Het treinverkeer in het hele land raakte ernstig ontregeld. Om kwart over zeven vond iemand bij de IJtunnel een verdacht pakje. Het alarmnummer 112 raakte overbelast. Overal vandaan kwamen meldingen van tikkende koffertjes en zich verdacht gedragende mannen in exotische gewaden.

Om tien over acht was er niemand meer op straat. Mijn baas had geen televisie. Hij vroeg aan de buren of hij bij hen mocht kijken.

'Luisteren bedoel je,' zei de buurman, meneer Vrauwdeunt, een gepensioneerd leraar Nederlands, die niets anders deed dan ingezonden brieven naar de kranten sturen over de slordige manier waarop men de Nederlandse taal tegenwoordig gebruikte. 'Ja, natuurlijk mag je hier komen luisteren, Perkins is uiteraard ook van harte welkom.'

Pieter K. de Groot kwam grijnzend in beeld.

'Gisteren,' zei hij, 'leek een dag als alle andere te worden. Ik zat aan mijn bureau en werkte aan dossiers van onopgeloste zaken. Toen ging de telefoon. Wie mij belde, hoort u zo meteen.'

'Hè, het is net zo spannend,' zei mevrouw Vrauwdeunt, 'krijgen we reclame. Nog koffie jongens?'

'Vreselijk,' zei haar man, 'stuitend. Kijk, luiers, hon-

denvoer, wasmiddelen, terwijl het hier om staatsonder-
mijnende activiteiten gaat. Incontinentieproblemen,
welja, dat kan er ook nog wel bij. Centerparcs, kan het erger. Als je ergens incontinentieproblemen van krijgt...'

'Sssst,' zei zijn vrouw, 'daar is hij weer.'

'De telefoon ging,' zei De Groot. 'Het was mijn medewerker Leo. Maar niets wees er nog op dat de vondst
die hij zojuist had gedaan de belangrijkste zou zijn uit
mijn carrière.'

Het geheime veldje kwam in beeld. Een man keek in
de camera en zei: 'Dit onooglijke stukje gras behoort
toe aan de AIVD. Het ligt vlak naast de achteringang van
het hoofdkantoor. Niets bijzonders zult u zeggen. Toch
wel. Want wat trof ik daar gisteren, ik loop er regelmatig even langs, je kunt nooit weten, en inderdaad, je kunt
nooit weten. Want waar viel mijn oog gisteren op?'

De camera zoomde in op mijn drol. Midden in de
drol lag het stokje.

'Een gewoon mens zou er misschien aan voorbijlopen, maar ik niet. Ik trok mijn latex handschoenen aan
en pakte de hoop inclusief geheugenstick voorzichtig
op.'

We zagen hem de drol in een zakje stoppen.

'Het is te verschrikkelijk voor woorden,' zei meneer
Vrauwdeunt.

'Miljoenen Nederlanders kijken op dit moment naar
een drol! Trots Op Holland, geef mijn portie maar aan
Fikkie.'

Hij stond op.

'Ik pak zelf wel even koffie, als jij het niet doet.'

Zijn vrouw bleef gefascineerd naar de televisie staren.

'Er zat een luchtje aan de geheugenstick,' vervolgde Leo, hij keek olijk de huiskamer in. 'Door een team van specialisten...' we zagen een paar mannen met helmen op, in een soort pakken dat ik wel eens gezien heb op een bouwplaats, asbestpakken heten ze. '...een goed geoutilleerd team ging aan de slag om de stick grondig te ontsmetten. En met de drol deden we dit.'

We zagen hem het gemeentehuis binnenlopen.

'De gemeente Den Haag beschikt over een databank waarin het DNA van alle trouwe viervoeters van de stad is opgeslagen. Als wij een "hit" zouden vinden in de databank, dan zou het opsporen van de eigenaar van drol en stick, ervan uitgaande dat drol en stick aan dezelfde persoon toebehoren, een koud kunstje zijn. Even toestemming vragen aan de wethouder.'

Meneer Vrauwdeunt liet de koffiepot vallen. Hij sloeg kapot op de tegels van de keukenvloer. Zijn vrouw reageerde niet.

'Het verheugt mij bijzonder,' sprak de wethouder, gezeten achter zijn bureau, 'u in zo'n belangrijke zaak van dienst te kunnen zijn. De gegevens die hier liggen opgeslagen zijn vertrouwelijk, het betreft hier zeer privacygevoelige informatie, maar aangezien het een calamiteit betreft, zal ik de laatste zijn die u ook maar een strobreed in de weg legt.'

'Dat kan niet,' zei meneer Vrauwdeunt. Hij ging naast zijn vrouw op de bank zitten. 'Je legt iemand *geen* strobreed in de weg, je kan dat gezegde niet andersom gebruiken.'

'Hè, stil nou,' zei zijn vrouw, 'jij ook altijd.'

Leo nam weer het woord.

'We brachten de drol naar de controleambtenaren, het zijn er intussen negen, er is op dit gebied veel werk aan de winkel. En wat scherts onze verbazing...'

'Het is schetst,' riep meneer Vrauwdeunt, 'blijft er dan helemaal niets meer over van onze mooie taal?'

'Onze bevindingen ziet u zo meteen.'

'Ik ben benieuwd,' zei mevrouw Vrauwdeunt, 'ik denk dat ik het al weet. Ze vinden hem.'

'Ik denk het niet,' zei haar man, 'dan kunnen ze dit stinkende zaakje nog wat langer rekken en nog meer commercie door onze strot duwen. Kijk, weer incontinentie, we zitten wel in de doelgroep denk ik, hè? Een oepsmoment, wat een gruwelijk woord, hoor nou wat dat mens zegt. "Ik lachte en toen kreeg ik ineens weer een oepsmoment!" Het is dat jij graag wilt kijken vrouw, en jij graag wilt luisteren Sikko, en het is dat het om zo'n belangrijke zaak gaat, maar ik had mijn avond wel beter kunnen besteden.'

Pieter K. de Groot kwam weer in beeld.

'Wij gingen hier intussen aan de slag met de stick. Het eerste document dat we openden was een van haat doortrokken pamflet tegen de moderne, westerse ziende mens. Het is, denken wij, geschreven door de blinde fundamentalistische sjeik Omar al Rachman, die zich ophoudt in het grensgebied tussen Afghanistan en Pakistan. Dit giftige gedachtegoed is, zo concludeerden we na lezing, hun ideologische basis. Daarnaast was er de lijst. De lijst met leden van de Domstadgroep, allen woonachtig in Utrecht.'

We zagen De Groot het stadhuis van Utrecht betreden.

'Ik ging naar het loket burgerzaken gewapend met de

lijst met namen en vroeg de uittreksels uit het bevolkingsregister.'

Hij stond aan de balie.

'Onbekend?' zei hij.

Hij streepte een naam door op zijn lijst.

'Bilal P. is niet geregistreerd? Mohammed D. ook niet? Samir B., nee? Een schokkende ontdekking. De heren wonen niet op de door de AIVD opgegeven verblijfplaats. Ze zijn dus niet te traceren en bevinden zich derhalve buiten het zicht van de instanties alwaar ze hun tot dood en verderf leidende plannen tot in de kleinste details in de luwte kunnen voorbereiden. En dan, de targets. Op de stick staat een uitgebreide lijst van mogelijke doelen. Stations, luchthavens, voetbalstadions, slachterijen, het is te veel om op te noemen. Ook de transcripties van de telefoongesprekken liegen er niet om. Maar daarover zo meteen meer.'

'Daar gaan we weer,' zei meneer Vrauwdeunt. 'Mayonaise in de knijpfles, een kilo kipfilet voor drie euro, koffiepads, weer incontinentie, ik denk dat ik Couperus ga lezen.'

'Nee wacht,' zei zijn vrouw, 'het is zo afgelopen. Je moet echt even blijven kijken, iedereen kijkt, je kan nu niet weg.'

Leo kwam weer in beeld. Hij stond naast de glunderende wethouder.

'Er was een hit en wat voor een. Een hit van de drol met de databank. Wethouder?'

'Ja, de eigenaar van deze hond is bij ons bekend. Hij is in overtreding. Hij is weliswaar gevrijwaard van de hier ter stede geldende ruimingsplicht van de dierlijke fecaliën, maar hij heeft de hond zijn behoefte laten doen op een niet door ons aangewezen S&G-zone.'

Leo dankte de wethouder en verliet met kwieke tred het stadhuis.

'Dan is het nu zover,' zei De Groot glimlachend. 'We schakelen live over naar Leo, die de stick zal terugbezorgen bij de rechtmatige eigenaar.'

Ik ging naast mijn baas op de grond zitten. Ik legde mijn kop op zijn knie. Hij was bleek geworden, de Vrauwdeunts zagen het niet. Hij bibberde, alsof hij koorts had. Het zweet stond op zijn voorhoofd.

'We hebben uiteraard wel alles wat er op de stick staat gekopieerd. Leo, waar sta je?'

Mevrouw Vrauwdeunt gaf een gil.

'Verhip,' zei haar man. 'Waratje, asjemenou, het is toch niet te geloven.'

'Ik sta hier,' zei Leo, 'voor het huis van de eigenaar van de hond en dus ook de vermoedelijke eigenaar van de stick. Het gaat om Sikko van Z. Van Z. is, zo weten wij uit betrouwbare bron, medewerker van de AIVD. Alles is donker binnen, maar de overburen hebben mij zojuist verteld dat dat altijd zo is. De hond is een geleidehond, zijn baas is blind. Hij doet zelden het licht aan 's avonds. Hij is waarschijnlijk gewoon thuis. Het ziet er hier sinister uit, deze voordeur kan wel een verfje gebruiken.'

Ik hoorde onze bel op de televisie. Ik moest me inhouden niet te blaffen. Mevrouw Vrauwdeunt sprong op. Ze rende de kamer uit en op de televisie hoorden we haar snelle voetstappen, die Leo naderden.

'Joehoe, hij zit bij ons,' riep ze.

Twintig seconden later stond Leo met zijn camera- en geluidsman in de kamer.

'Staat u even op meneer,' zei hij tegen mijn baas.

Hij stond op. Leo gaf hem een hand en zei: 'Aange-naam, Leo de Flater.'

'Sikko van Z.,' zei mijn baas.

'U bent de eigenaar van deze hond?'

Leo wees naar mij, ik gromde.

'Ja,' zei mijn baas, 'dat is Perkins.'

'En u bent ook de eigenaar van deze stick?'

Hij duwde de stick in mijn baas' hand. 'U moet voort-aan wat zorgvuldiger met uw geheimen omgaan,' lach-te Leo. Zal ik hem bijten? Zal ik hem voor de ogen van miljoenen televisiekijkers verscheuren? Ik gromde nog maar eens, dat maakte hem bang. Het zweet stond op zijn voorhoofd.

Ik zou worden afgemaakt, maar dat zou ik ervoor over hebben. Ik zou een heldendood sterven. Ik was het aan mijn baas verplicht deze gladjanus van een journalist aan repen te scheuren. Niet dat het zou helpen, er liepen duizenden potentiële Leo's in Nederland rond, maar toch, het zou weer eens iets anders zijn. Dan hadden de mensen morgen echt eens een leuk onderwerp om over te praten. Ik had ontzettende zin om gehakt van dit mis-selijke ventje te maken, dat er hoogstpersoonlijk voor verantwoordelijk was dat mijn baas zijn baan kwijt zou raken. Suzanne zou nooit meer iets van hem willen we-ten. Ze haatte hem nu ongetwijfeld. Ik ontblootte mijn tanden. Leo deed een stap naar achteren. Ik zag op de televisie dat het beeld begon te bibberen, zo bang was de cameraman. Het water liep me in de mond.

'Geleidehond verscheurt misdaadjournalist,' zou er morgen in de kranten staan. 'Nederland in shock na gruwelijke dood De Flater.' Ik sperde mijn bek open, deed een stap naar voren en verplaatste mijn gewicht naar mijn achterpoten.

'Rustig Perkins,' zei mijn baas.

Hij legde zijn hand op mijn kop. Beheers je, dacht ik, beheers je, ik herhaalde het tien keer in mijn hoofd. Doe wat de baas zegt. Hij heeft je nodig, ook als hij zijn baan kwijt is. Ik ging zitten en sloot mijn bek. Ik vond het zeer betreurenswaardig dat ik niet tot actie mocht overgaan.

'Hoe,' zei mijn baas zacht, 'hoe kan ik weten dat deze stick van mij is?'

'Gelooft u mij,' zei Leo met herwonnen zelfvertrouwen, 'het is uw stick. Uw naam staat bij alle documenten als auteur vermeld. Het van haat doortrokken manifest van de blinde sjeik is door u vertaald.'

'Dat is niet van een sjeik.'

'Aha, u weet dus dat het bestaat en daarmee geeft u toe dat het uw stick is, die u daar in uw hand heeft. Dus nog één keer, is deze stick van u?'

'Ja.'

'Sympathiseert u met de Domstadgroep?'

'Nee.'

'Waarom heeft u deze stick dan zo opzichtig op dat veldje achtergelaten?'

'Dat heb ik niet gedaan.'

'Dus de stick is van u gestolen?'

'Ja.'

'Heeft u enig idee door wie?'

'Ja, door mijn hond.'

'Dat meent u niet.'

'Vlak voordat ik naar binnen ging bij de AIVD op maandagmorgen moest hij poepen, dat heeft hij op dat veldje gedaan.'

'Het kan dus niet anders of de hond heeft uw stick in-geslikt, zondagavond of zondagnacht.'

'Ja.'

'Heeft u enig idee waarom?'

'Nee, dat weet je bij honden niet.'

'Maar het is de schuld van uw hond dat nu het hele land op zijn kop staat en dat onze veiligheid in het ge-ding is.'

'Nee.'

'Hoezo nee?'

'Honden hebben geen schuld. Honden doen maar wat. Het is trouwens niet erg.'

'Wat is niet erg?'

'Dat alle gegevens over de Domstadgroep op straat liggen.'

'Nou, noemt u dat maar niet erg.'

Mijn baas aaide over mijn kop.

'Ik noem het niet erg, het is niet erg, de Domstad-groep bestaat niet.'

'Bestaat niet? We hebben onomstotelijk bewijsmate-riaal.'

'Waarom denk jij dat al die leden niet staan ingeschre-ven in de gemeente Utrecht?'

'Omdat ze in de illegaliteit zijn verdwenen. De grond werd ze te heet onder de voeten.'

'Maar dan zou toch bekend moeten zijn bij de ge-meente wanneer ze zijn uitgeschreven?'

Leo kuchte.

'Ik heb de Domstadgroep zelf verzonnen. Ik had wei-nig te doen, ik verveelde me, er waren te weinig mensen die verdachte gesprekken voerden. Er viel gewoon niets af te luisteren. En toen dacht ik: ik heb die baan als tapper net en die wil ik wel graag behouden.'

'Maar meneer Van Z., we hebben bewijzen...'

'Je zei net zelf dat alle documenten, dus ook de brieven die de leden elkaar geschreven zouden hebben, mijn naam als auteur vermelden. Dus als ik zeg dat ik alles verzonnen heb, wie heeft er dan bewijzen? Kijk naar die lijst van targets. Slachterijen, dierentuinen, vestigingen van IKEA, speelgoedwinkels waar ze knuffelvarkens verkopen, dat is toch niet serieus te nemen?'

'We kunnen in deze tijden niet voorzichtig genoeg zijn.'

'Word nou toch wakker man!'

Mijn baas' stem kreeg een triomfantelijke klank.

'Er is hier in Nederland ooit één aanslag geweest, gepleegd door een ontspoorde eenling, die gestoeld was op extreem gedachtegoed. Hoewel ik zelf denk dat je die aanslag beter zou kunnen omschrijven als: de ene puberale man doodt de andere puberale man. Maar dit geloof je toch niet. Ik heb het allemaal bij elkaar gefantaseerd. Ook de plannen om met een bomhond een vliegtuig op te blazen. Ook de oproep om slijters te vermoorden, alles, hoor je, alles!'

'En het haatdragende manifest dan?'

'Dat zijn teksten van een blinde Letse filosoof die ik aan het vertalen ben. Dank je overigens dat je ze weer bij me hebt terugbezorgd.'

Hij stopte de stick in zijn broekzak. De Vrauwdeunten stonden verbijsterd in de verste hoek van hun kamer het tafereel gade te slaan.

'Dit wil er bij mij niet in,' zei Leo, 'het kan toch niet waar zijn? Als het waar is heeft u miljoenen mensen de stuipen op het lijf gejaagd.'

'Nee,' zei mijn baas lachend, 'dat hebben jullie gedaan.'

Meneer Vrauwdeunt applaudisseerde. De Groot greep in vanuit de studio.

'We begrijpen best dat deze blinde Van Z. zo veel mogelijk doet om de schade beperkt te houden, dat is zeer in hem te prijzen. Het is buitengewoon dapper dat hij alle schuld op zich neemt. We komen er nog op terug, tot volgende week.'

Zo eindigde de uitzending, anderhalf uur eerder dan in de gidsen vermeld stond.

Een reclame van een uitvaartverzekering vulde het beeld. Leo greep mijn baas bij de kraag van zijn overhemd.

'Klootzak, ongelofelijke lul!'

Ik gromde, hij liet hem los.

'Die De Groot,' zei meneer Vrauwdeunt, 'zal nu wel een oepsmoment hebben, denk je niet, De Flater?'

'Jij kan een fikse schadeclaim tegemoet zien, De Z.,' schreeuwde Leo.

'Rustig nou,' zei mevrouw Vrauwdeunt, 'hij kon er ook niks aan doen en jaag die hond niet zo op de gordijnen.'

'In de gordijnen moet je zeggen, je jaagt iemand op stang en in de gordijnen. En nu,' meneer Vrauwdeunt kwam op Leo af, 'mijn huis uit, of ik klaag je aan wegens huisvredebreuk.'

'Niet zo vervelend altijd jij,' zei zijn vrouw, 'hij kan er ook niks aan doen dat Sikko alles verzonnen heeft. Zal ik nog even koffie gaan zetten voor iemand? Hè, jij ook altijd, je hebt de koffiepot gebroken.'

'Ik koop morgen wel een nieuwe. Ga weg, jullie allemaal!'

Mijn baas was op de bank gaan zitten. Leo en zijn cameraploeg verlieten zonder te groeten het huis. Mevrouw Vrauwdeunt plofte op de bank neer.

'Besef jij je wel,' zei ze.

'Ho, beseffen kan nooit wederkerig gebruikt worden. Dat is een zeer storende fout, half Nederland maakt hem, of haar, dat zoek ik zo even op.'

Zijn vrouw begon opnieuw.

'Besef jij wel...'

'Heel goed, zo mag ik het horen.'

'...dat onze huiskamer net door miljoenen mensen is gezien? Als ik dat geweten had dan had ik even een beetje opgeruimd.'

'Ja, ik besef dat terdege, en daar heb ik nooit om gevraagd, jij hebt die mannen binnengehaald alsof het Sinterklaas met zijn gevolg was.'

'Ik ga maar eens,' zei mijn baas.

Hij stond op.

'Je zult wel moe zijn Sikko,' zei mevrouw Vrauwdeunt, 'geniet er nog maar even van.'

'Waarvan?' vroeg haar man.

'Nou, gewoon, nu ja, slaap lekker voor straks en morgen gezond weer op, zal ik maar zeggen, dag Sikko.'

Haar man deed ons uitgeleide.

'Je bent je baan kwijt ouwe jongen,' zei hij.

'Ik vind wel weer iets anders.'

'Het is me wat met jou. Je hebt die De Groot een best poepje laten ruiken. Ik heb,' meneer Vrauwdeunt gaf hem een welgemeende, warme hand, 'diep respect voor mensen zoals jou.'

'Zoals jij,' zei mijn baas.

Het was gedaan met de rust, gedaan met de regelmaat. Rotzooi en relletjes, dat waren de r'en die vanaf die avond regeerden. Een uur na de uitzending maakten we een wandelingetje door de wijk.

'Dat is hem,' hoorden we overal om ons heen. 'Die verrader, die NSB'er. Hij is voor de couscouseters die het hier komen overnemen.'

Ik had er opeens een taak bij gekregen, die van beveiliger.

'Zeg Van Z., ik zou maar naar Marokko gaan verhuizen als ik jou was,' zei een overbuurman met wie we tot nu toe een heel goed contact hadden gehad. Hij had zelfs mij een keer uitgelaten toen mijn baas ziek was.

'Je moet eens bij mij in huis komen kijken man. Ik heb alles wat je moet hebben in huis gehaald vandaag. Alles wat op de lijst staat die we laatst door de bus kregen van die nieuwe terreurcoördinator. Alles, tot veertig flessen water en touw en kaarsen en batterijen en visconserven en blikgroente aan toe. Mijn hele kamer staat vol man. Ik heb er geld voor moeten lenen. En wat denk je? Meneer hier heb het verzonnen omdat hij zich verveelde.'

'Ach,' zei mijn baas, 'het komt vast wel op.'

'Komt wel op? Ik ga toch geen veertig flessen water opzuipen als het gewoon uit de kraan komt? En die visconserven, ik lust niet eens vis!'

Hij pakte mijn baas bij zijn arm.

'Meekomen,' zei hij.

Ik gromde.

'Laat deze heer met rust,' zei een man die net kwam aangelopen met een hondje dat zo groot was als een mensenhand. 'Raak hem niet aan, hij is weerloos. Deze heer is een held. Hij heeft haarfijn aangetoond dat onze maatschappij een mediacratie geworden is. Deze heer verdient een onderscheiding.'

Er ontstond een oploopje. Ik dacht aan het oploopje van twee dagen geleden, onder het bord met de vrouw in lingerie. Toen schreeuwde mijn baas en zwegen de omstanders, nu was het andersom. Nu waren het de omstanders die hem, en ook mij, uitscholden. Ze gebruikten dezelfde woorden als mijn baas had gedaan. Wat moest ik doen? Bijten, blaffen, ik wist het niet. Een man die vlak voor me stond hief zijn hand op om me te slaan. Ik stond als versteend. Ik stelde me in op de klap toen er plotseling een hand naar voren schoot die boven mijn rug werd gehouden. De man sloeg hard op de naar boven gerichte hand.

'Kom, Sikko,' zei Suzanne, 'we gaan. Perkins, blaf, blaf als zaterdag, alsjeblieft, blaf!'

Ik ademde diep in, zette me schrap en blafte de Ottomaanse blaf. De blaf die ooit bij een toespraak van Fidel Castro op Cuba een naderende onweersbui van koers had doen veranderen. Binnen tien seconden had ik de straat schoongeblaft. Suzanne pakte mijn baas bij zijn arm en snel liepen we de vijftig meter naar ons huis. Suzanne, mijn baas, Blista en ik. Mijn baas opende de deur. Suzanne wilde het licht in de gang aandoen maar dat werkte niet. Ook in de woonkamer waren alle gloeilampen aan vervanging toe.

'Die overbuurman heeft vandaag op jouw aanraden kaarsen gekocht,' zei mijn baas.

'Ik denk,' zei Suzanne, 'dat het verstandiger is ze niet te gaan halen. We kunnen voorlopig beter binnen in het donker blijven. Maar dan moet jij me wel even de weg wijzen.'

Hij leidde haar naar de bank en ging naast haar zitten.

'O, Sikko,' zei ze, 'wat heb je gedaan?'

'Sorry, het was natuurlijk nooit de bedoeling...'

'Nee. Het imago van de hele AIVD, in één klap naar de verdommenis.'

'Ja.'

'En mijn reputatie als terreurcoördinator ook.'

'Ja.'

'En jij bent je baan kwijt.'

'Dat is wel het minste.'

'Ja. Heb je niet iets te drinken voor me, whisky of zo?'

'Jawel.'

Hij pakte uit de keuken twee glazen. De whisky stond naast de bank op de grond. Die stond daar altijd.

'Wat handig ben jij in het donker.'

Ik hoorde hem de whisky inschenken.

'Proost.'

'Proost. Alles, maar dan ook alles is kapot. Het hoofd tappers is zijn baan kwijt, zijn chef, de directeur...'

'Ja.'

'En ik misschien ook. Er komt een debat in de Kamer, ze zullen om het aftreden van de minister vragen, dat komt door jou.'

'Ja.'

'Nederland slaat een belachelijk figuur. Overal ter wereld zullen ze zich bescheuren.'

'Ja.'

Ze nam een slokje. Na een korte stilte zei ze: 'Maar het was zo leuk, zoals je die man ontmaskerde, zo leuk, zo meesterlijk, werkelijk, ik heb in tijden niet zo gelachen. Zoals je daar stond in die huiskamer van die mensen. Het gezicht van die De Flater, je bent een held. O, Sikko, mag ik jouw Blista zijn?'

Ze begonnen te ritselen en te giechelen en te kreunen. Wat ze deden weet ik niet, het was donker, maar uit het geluid maakte ik op dat hij nu wel begreep wat de bedoeling was. Ik stond op. Blista stond op. We slopen de kamer uit en glipten door de achterdeur naar buiten. Daar bereed ik haar. We maakten zo weinig mogelijk geluid om de mensen niet te storen.

'Berlijn,' zegt Yvo Prewatalis, 'is een zeer blindvriende-lijke stad. Dat zul je met me eens zijn, Sikko. Zullen we nog een biertje nemen?'

'Nog een biertje voor de heren,' zegt de attente ober die net voorbijloopt met een blad met volle glazen. 'Ik breng het zo.'

Mijn baas leunt achterover. De zon beschijnt zijn gezicht.

'Ik stoot nergens meer mijn kop,' zegt hij, 'de stoepen zijn breed, goed Duits breed en de mensen zijn aardig. Aardiger dan bij ons.'

Ik ben het volledig met hem eens. Dat geldt ook voor de honden overigens, honden gaan immers op hun bazen lijken. In Nederland bestonden er veel vooroordelen over Duitse honden. Ze zouden agressief zijn, autoritair, een hekel hebben aan Joodse herders. Niets is minder waar. Hier heeft men van de geschiedenis geleerd. De geschiedenis ligt hier op straat. Alles hier getuigt van een verleden waarin men, om met een groot Nederlands historicus te spreken, 'van de waan de werkelijkheid had gemaakt.'

Nu is de werkelijkheid de werkelijkheid, we zitten op een terras in de zon en de ober brengt bier en water voor mij. We zijn vluchtelingen, maar toch voelen we ons niet zo. Het was met een gevoel van trots dat we Nederland verlieten. Niet op Nederland, ook niet op Holland, op onszelf. Ik ben de eerste hond in de geschiedenis die een

133

kabinet ten val heeft gebracht. Mijn baas heeft Nederland verlost van Pieter K. de Groot. Suzanne is zwanger van mijn baas, Blista van mij. We zijn hier met zijn allen gelukkig. Binnenkort krijgen we leuke geleidehondjes en een leuke blinde baby. Dat is goed, ook voor de honden, dat houdt ze aan het werk.

Suzanne heeft nieuw werk. Ze werkt op de Nederlandse ambassade. En mijn baas, hij is eindelijk zichzelf weer. Zijn woede heeft hij in Nederland achtergelaten. Dagenlang spreekt hij met Prewatalis, met de nieuwe Prewatalis. Ook hij is veranderd. Samen zullen ze de wereld gaan veranderen. Inzicht, is hun nieuwe toverwoord. Geen uitzicht, maar inzicht, dat is de voorlopige titel van het werk waaraan ze bezig zijn. Nelson Mandela is hun grote voorbeeld.

'Mandela,' zegt Prewatalis, zwaaiend met zijn glas bier, 'dat was nog eens een ziende. Hij was gevangengezet door de überblanken, die heersten in Zuid-Afrika, omdat hij zwart was. Hij heeft, in de gevangenis, nagedacht, heel veel en heel lang nagedacht, daar werd hem ruim de tijd voor gegeven. Hij kwam vrij, omdat de spiegels van de blanke heersers besloegen, waardoor ze zichzelf niet meer zagen. Ze gingen nadenken. Ze zagen alle mensen om zich heen en ze snapten plotseling niet meer waarom ze zwarten onderdrukten. Toen lieten ze Mandela vrij. Hij werd de eerste zwarte president van Zuid-Afrika. Hij maakte niet de fout die al zovelen gemaakt hadden. Hij werd niet verblind, hij zag de blanken, en hij besloot ze niet te straffen. Mandela is de ziendste ziende die ik ken. Hij gebruikte de tijd in de gevangenis met doen wat niemand hem kon verbieden: nadenken. Hij kwam erachter dat iemands kleur geen aanleiding mag zijn hem te vervolgen. Hij wist, toen hij de gevangenis verliet, dat je kwaad niet met kwaad moet vergelden. In de gevangenis heeft hij ontdekt wat echte vrijheid is. Hij heeft de zienden veel geleerd, hij heeft ze minder blind gemaakt. Op die weg moeten wij doorgaan, Sikko.'

Branji, de Ottomaanse herder van Prewatalis, en ik zullen hen daarbij helpen. Wij zullen de mensheid leiden naar een betere toekomst. Dat klinkt hoogdravend en dat is het ook. En waarom niet? We zijn weg uit de Lage Landen, met de lage luchten die ons zo nederig maken. We leven! We zijn in het hier en nu voor altijd bij elkaar. Alleen de dood kan ons nog stoppen. Maar dat zal hij voorlopig niet doen, dat weten Branji en ik zeker. Op ons kun je bouwen, ook al zijn we maar honden.